ダッシュエックス文庫

終末の魔女ですけどお兄ちゃんに二回も恋をするのはおかしいですか？

妹尾尻尾

プロローグ

Though I am a terminal witch, is it strange that I am in love twice with brother?

1944年の『異界の日』から2030年に至っても、界獣は人類にとっての天敵だった。

☆　☆　☆　☆　☆　☆

妹の微かに育った胸に触れると、彼女はびくり、と体を震わせた。

「あっ……お兄ちゃん……！」

ツインテールの赤い髪をふわりと揺らして切なそうに喘ぐ。戦闘中とは違う息の上がり方だ。年端もいかない義妹の身体を弄るのはどうかと思うが、これも重要な補給任務だ、やめるわけにはいかない——

と、七星昴は卑猥にしか見えないこの行為を続行する決意を固めた。

妹の胸と昴の手に、人々の未来がかかっているのだ。

廃墟と化した帝都港区のとある街。砂埃と、爆煙と、焼け焦げた匂いが辺りに漂っていた。

たった今まで――いや、今でもここは戦場なのだ。

人類を襲う『界獣』と、人類を守る『魔女』とが戦う、戦場なのだ。

その戦場の片隅、廃棄された民家のなか。

昴は、魔女である妹――紅葉の胸を揉んでいた。

真っ黒な戦闘服に身を包む昴はソファに座っている。股の間に紅葉を置いて、後ろから抱きかかえるようにして彼女の肉体に手を添えていた。さっきまで白いブラウスを着ていた十二歳になったばかりの妹は、いまは上半身裸で、未成熟な身体を晒している。

紅葉の肌には白い紋様が浮かび上がっていた。その紋様に合わせるように、昴は自分の掌を置いて動かしていた。

ふよん、ふよん、と手にすっぽりと収まる程度の胸を揉み、その下のお腹を撫でる。

繰り返すが、決して卑猥な行為をしているわけではない。

魔力の供給をしているのである。

なのだけども、

「はぁっん……！　お兄ちゃん、お兄ちゃんっ……！」

「くっ……紅葉、あんまり変な声を出さないでくれ……！」

「だってぇ……あぁっ、あんっ……！」

人を喰う化け物――界獣と戦える唯一の存在、それが魔女。

彼女らは魔力を以(もっ)て魔法を使う。

しかし使いすぎて魔力を使い果たすと、禁断症状が起きてしまう。

その症状がまた厄介(やっかい)で——簡単に言うと欲情するのだ。

禁断症状を鎮(しず)めるために、人間魔力貯蔵庫(タンク)である昴が、魔女の紅葉に魔力供給を行っているのだが……。

「ふわぁあっ……♡　あっ、あっ、やぁっ！　おにい、ちゃんっ……！　はぁあん♡」

喘ぎ声を上げながら、びくんびくん、と紅葉が断続的に身体を震わせる。

魔力供給には快楽が伴(ともな)う。

つまり、使う時だけでなく、補充する際にも快感を得るということだ。

そのため、禁断症状ですでに欲情していた紅葉は、それはもう乱れまくっていた。

一方で昴は、

「これは医療行為、これは医療行為、これは医療行為、これは医療……」

などと心を無にして魔力を送り続けている。

魔女というのは美人揃(ぞろ)いで、目の前にいる紅葉も例外ではない。まだ十二歳にも拘(かか)わらず、魔性とも言うべき色香(いろか)を放っている。少しでも気を抜けば、健全な十五歳の青少年である昴の理性が崩壊(ほうかい)してしまいかねない。しかも彼女は、昴とある約束を交わしている特別な少女なのだ。

紅葉が、彼女の胸を揉む昴の手に、自分の手を重ねた。

「もっと……もっとちょうだい、お兄ちゃんの……あんっ♡」

「う、く、紅葉。わかったから、少し声を抑えてくれ」

「だって、だってぇ、我慢、できな、はぁんっ♡」

紅葉が喘ぐ。

その肉体に変化が訪れた。浮かび上がっていた紋様が徐々に薄くなって、消えていくのだ。

そして、

「あっ、あっ、あっ、お兄ちゃ、お兄ちゃん！　来るっ、くるっ、お兄ちゃんのがっ、ぜんぶ、入ってくるっ！　――はぁぁぁああああああんっ♡」

ひときわ大きな声を上げて、紅葉がびくんびくん、と身体を震わせる。そうして昴の腕の中で、くたり、とその身を崩した。

「はぁっ、はぁっ、はぁっ…………」

妹の呼吸は荒く、痙攣が収まらない。目は虚ろに宙を見ている。

「だ、大丈夫か？　紅葉……」

昴が心配になって尋ねると、

「……はぁ、はぁ、…………………お兄ちゃん、あのね、」

腕の中の紅葉が、昴を見上げて微笑んだ。愛おしそうに。

「大好き、お兄ちゃん。大好きなの」

天使みたいに可愛（かわい）かった。

「あの時の約束、まだ覚えてるからね？」

「……ああ」

「お兄ちゃんも、忘れてないよね？」

「もちろん。大切な約束だもんな」

「えへへ、良かった……。私もね、絶対に忘れないよ」

紅葉が、昴に顔を寄せる。少しだけ恥（は）ずかしそうにして、告げた。


「大きくなったら、私をお嫁さんにしてね、昴お兄ちゃん」


それは幼（おさな）い頃に交わした約束。

昴がまだ、『昴』と名付けられて間もない頃。

生家をなくした昴が、『七星家』に引き取られてすぐの話。

魔女の家のしきたりに従って、長男の昴は、義妹（ぎまい）の紅葉と結婚の約束を交わした。

いま、眼（め）の前にいる美しい少女は、やがて自分と結婚するのだ。

昴がその事実を思い出し、赤面すると同時に、

――…………ずぅん、

と、地響きがした。

はっと我に返る昴と紅葉。

「行こう、紅葉。まだ二人が戦ってる」

「はい、お兄ちゃん！」

頷き合って、昴と紅葉は民家を飛び出した。

★★★★★★★

爆発が起きた。

熱と、光と、音が、ほぼ同時に発生した。

花火が炸裂したような轟音が響くが、咲いた光はひとを楽しませるものではなく、殺すためのものだ。

すなわち、界獣の攻撃である。

数年前までオフィス街だったその区域は、いまは見る影もない廃墟だ。その場所で、『魔女』と『界獣』による激しい戦いが繰り広げられている。

五階建てビルと同程度の大きさの――巨大な『薔薇』のような化け物が、廃墟と化した街に屹立していた。大地には緑色の触手が根を張り、何本も連なってその巨体を支えている。身体の中心には赤黒い核が爛々と輝いていた。大きく広げた葉もある。そして頭に相当する部分には、真っ赤な薔薇が咲いていた。

界獣とは、人類を喰らう、巨大な猛獣を指す。

この『薔薇』も同様だった。

──るぅうおおおおおおおおおおおおおん……！

植物らしからぬ、獣のような鳴き声を上げて、界獣は攻撃を開始する。

触手が『薔薇』の身体から伸びる。その先端には歯がびっしりと生えた口がついている。かぱりと開かれた口腔の先に、六角錐の水晶が忽然と生まれ、眩い光が集まって放たれたかのように見えた、そのときにはもう──数十メートル先のビルが爆発していた。

光は超高熱の火球だった。一瞬で着弾したのだ。

それは普通の人間が巻き込まれれば跡形もなくなる、容赦のない破壊だった。着弾部分は融解し、蒸発している。黒々と煙を上げるビルの陰から、二つの光が飛び出した。

一つは、紫色。

もう一つは、黄色。

『魔泡盾』と呼ばれるバリアを纏った二人の魔女である。界獣の攻撃は彼女らを狙って放たれたものだった。

紫色の方が鋭く叫ぶ。

「向日葵！　無事ですか！」

黄色い方が呑気に答えた。

「うぇーい。紫姉ちゃんは？　どっか痛いところない？」

「イライラして頭痛が収まりませんわ！　まったく、時間がかかりすぎです！　お兄様と紅葉はもう！」

「しょーがーねーよ、紫姉ちゃん。紅葉が一人前になるまでは、魔力を補給しながら戦うしかねーって」

「それにしても遅すぎです！」

「あいつら仲が良いからなー。イチャイチャしてんのかねー。っと、回避回避っと」

ぼんっ！

『薔薇』の放った火球によって、ビルがまた一つ破壊された。

その隣のビルの屋上に二人の魔女が降り立つ。

紫と呼ばれた彼女は、紫色の和服に袴を穿き、腰に日本刀を帯びた武芸者のような姿。

もう一人、向日葵と呼ばれた彼女は、ライダースジャケットに革パンで、身長一八〇センチは越える長身の持ち主。

どちらも、髪の色がヴァントと同じ色——紫は紫色、向日葵は金色——に淡く輝いている。

後に、『七星姉妹（虹色の要塞）』と呼ばれることになる七星家の姉妹——その長女と次女であった。

そして二人とも、

「お兄様、遅いですわ！」

「兄貴、おせぇなぁ……」

昴の妹たちである。

——るぅうおおおおおおおおおおおおおおん……！

『薔薇』の動きが変わった。口付きの触手を何本も出して、横に並列させたのである。

紫の顔つきが真剣なそれになる。

「向日葵」

「一斉（いっせい）砲撃ってところかね」

「躱（かわ）せますわね？」

「そりゃまぁな？」

二人が目配（めくば）せをすると同時、ぱぱぱぱっ、と光が瞬（また）き、幾（いく）つもの火球が放たれた。一発一発がビルを融解させる破壊力を持っているそれは、いくら魔女の『魔泡盾（ヴァント）』といえど耐えるのは困難で、直撃すればビル同様、灰燼（かいじん）に帰す。

紫と向日葵が跳躍（ちょうやく）し、難なく回避した——まさにそこへ、『薔薇』の本命が用意される。

あろうことか、『薔薇』の中心が口のように開いた。そしてこれまでの数倍の大きさを持っ

た火球が放たれて、

――っ!?

――おいおいマジか!

回避は不可能。そう判断した二人が、ダメージ覚悟の全力防御を展開しようとした瞬間――紅い光が空に広がった。

ばぁんっ! という爆発音。目がくらむような閃光。先ほどまでとは比べ物にならない規模の爆風が辺りに広がる。いかな魔女でさえ、惨たらしい姿になっていると思われた。

煙がもうもうと立ち込め、やがてそれが晴れたとき――しかし紫と向日葵は無傷だった。

「間に合った……!」

空中の二人を守るようにして、丸いレンズのような、巨大な紅い壁が展開されていた。その魔力光の軌跡を辿ると、ビルの屋上から手を伸ばすもう一人の魔女へと行き当たる。

七星紅葉。

誇らしげな顔で紅葉は叫ぶ。

「ごめんね! もう大丈夫だか」

「紅葉、遅すぎです」

「紅葉、くっそ遅え」

　言わせてくれない。

遅れた妹をぴしゃりと窘めながら、姉たちが降りてきた。

「うう、ごめんなさい……。紫お姉ちゃん、向日葵お姉ちゃん」

　首をすくめる紅葉に、紫が苦笑して、

「まぁいいですわ。ほら、とっとと片付けますわよ」

「お前のためにとっておいたんだからよー」

「はいっ！」

　拳を握って頷く紅葉。

『薔薇』の触手からまたも火球が放たれるも、三人は跳躍して回避。そのまま分散する。

　空中で、紫がちら、と下を見た。

「さて、紅葉がやって来たということは——お兄様？」

『ああ。準備できてる』

　魔女三人の耳元の端末から、昴の声が届いた。それは魔女の兄であり、魔女を補佐する陸軍特殊部隊のエースたる兵士の声だ。

　これを以て、紫は妹たちに確認する。

「二人ともいいですわね。私が切り裂き、向日葵が削り取り、紅葉が押し潰す。わかって？」

「おう！」

「はい！」

頷く紫。マンションの屋上に着地し、

「では始めましょう。——『落葉の陣』、展開！」

「「了解！」」

『薔薇』から一直線に位置取りをした三人の魔女が、一斉に動いた。

地上、物陰に隠れている昴がそれを見て、手にしているタブレットを操作。周囲に配置してある小型戦車から界獣へ向けて、一斉に砲撃がなされる。

「——火力支援、行くぞ。五、四、三、」

複数の戦車砲が着弾。『薔薇』を爆炎が包む。どんな猛獣すら一発で粉々にできる威力を持つ砲撃を受けるも、『薔薇』は無傷だった。その周囲には、先ほど紅葉が展開したものと似たバリアが張られている。

界獣は、通常の物理攻撃を通さない。

ゆえに、人類では太刀打ちできない。

だから、魔女がいる。

紫が、爆煙に紛れ、『薔薇』を目指して空中を一直線に跳躍していた。

その左腰に携えられているのは日本刀——否、日本刀の形をした、魔法だ。

　七星姉妹が長女、七星紫。

　彼女は、『超斬撃型』の魔女である。

「――七星剣武、清流（せいりゅう）」

　きぃん、という音とともに、横一文字に線が走った。常人（じょうじん）には抜いた瞬間はおろか、納刀（のうとう）すら見えない神速（しんそく）の抜刀（ばっとう）術。この世に斬（き）れぬものはない、と言われるほどの切れ味を持つ日本刀型の魔法――『紫陽花（アジサイ）』を用いて、戦車砲すら通じなかった『薔薇』のバリアを切り裂いた。

　紫が叫ぶ。続く次女の名を。

「――向日葵！」

「おうよ！」

　後方に位置する次女は、自分の名を呼ぶ姉が射線上から退いたのを見て、魔力を集中させた。

　右手を前に突き出す。向日葵の周囲に、六角錐の水晶が五つ生まれ、まばゆい光を放つ。

「そうら吹っ飛べぇぇ！」

　雄叫（おたけ）びと同時、水晶から文字通りの『光線』が放たれる。原理は『薔薇』の放った火球と同じではあるが、その威力はケタ違いだ。

　――ごあっ！

　黄金色（こがねいろ）の光線は、長姉（ちょうし）・紫の切り裂いたバリアを貫通し、『薔薇』の上半分を削り取る。

『超砲撃型』魔女。

七星姉妹が次女、七星向日葵がそう呼ばれる所以(ゆえん)は、この光線の威力にあった。

そして。

「「――紅葉！」」

紫と向日葵が、空を見上げて妹の名を呼ぶ。

界獣の核(コア)が露(あらわ)になった、その瞬間、遥(はる)か天上より飛来する物体があった。

七星姉妹が四女、七星紅葉。

昴の火力支援砲撃によって巻き起こった爆風に乗って、空高く舞い上がっていた彼女が――

姉妹で最も『魔泡盾(ヴァント)』の扱いに長(た)けた『超殴撃型魔女』が――彗星(すいせい)のごとく落下してきた。

「はああああああああああああああああああああっ！」

紅葉の攻撃は単純な『体当たり』である。しかし、対艦ミサイルすら防ぎ切るほど堅固(けんご)なバリアを身に纏ったそれはもう、『質量兵器』と呼べるほどの威力であり、

――つがあぁぁぁぁぁぁぁっっ…………ん！

落雷(らくらい)のような音がした。

それは、紅葉が『薔薇』の核を押し潰し、界獣を完全に消滅させた、轟音だった。

――おおおぉぉ…………ん…………。

核を砕(くだ)かれた界獣が、粒子(りゅうし)となって霧散(むさん)する。

その中心、アスファルト道路にはクレーターが出来上がっていた。

空中から狙いをつけて突っ込み界獣を仕留めたはいいものの、着地に失敗したのだ。怪我はないが、目が回ったらしい。

「きゅう〜〜」

なかには、降下攻撃をした紅葉が目を回して倒れている。

そばに降り立った紫が、そんな妹の様子を見てため息をつく。

「よくやりましたわ——と言いたいところですが、まだまだですわね」

隣にやって来た向日葵が笑ってフォロー。

「まぁ、初陣でこれならいいんじゃねぇの？」

「きゅう〜〜」

そこへ昴が駆けつける。

「お前たち、無事か？　っておい、紅葉！　大丈夫か!?」

「お、お兄ちゃ〜ん！　目がぐるぐるするよぉ〜！」

倒れている妹に昴が寄り添うと、紅葉も甘えて抱きついてしまう。

だから紫は声を荒らげる。

「お兄様！　貴方がいつも甘やかすから紅葉がいつまで経っても成長しないのです！　いいですか！　そもそも魔力供給に時間をかけすぎです！　私たち『七星』は魔属屈指の戦略攻勢集

団なのですよ！　並の魔女が『七星』と聞くだけで震え上がるその理由を少しはお考え――」

呆れ顔でぼやくのは向日葵だ。

「まーた始まったよ、紫姉ちゃんのブラコンが……。素直に自分も魔力供給してほしいって言やぁいいのに」

「――向日葵？　なにか言いまして？」

「なんでもねーよー？　あ、兄貴、後でアタシにも魔力ちょーだい？」

向日葵が昴に顔を近づけて、にかっと笑う。昴は困り顔。

「いや、もう任務終わったんだし、寝ればいいだろ……」

「自然回復なんてつまんねーじゃん。なぁ紫姉ちゃん？」

「わ、私は、別に……。ま、まぁ、お兄様がどうしてもと言うなら……」

ちらちらと何かを期待するように昴を見やる紫。

昴はため息をつくしかない。

「いや、だから寝ろって……」

「お兄ちゃ～ん、私にも～」

「紅葉、お前にはさっきあげただろうが」

紫と向日葵が頷く。

「そうですわ、紅葉。独り占めは許しません」

「そうだぞ、紅葉。皆の兄貴なんだからな」

「でも、私が最初の婚約者だもん」

などと、妹三人が昴を中心にキャイキャイ騒ぎ出す。

仲睦(なかむつ)まじく言い争いをする妹たちを見て、

――幸せだな。

と、昴は思った。


七星昴には、七人の妹がいる。

長女・紫(ゆかり)。

次女・向日葵(ひまわり)。

三女・夕陽(ゆうひ)。

四女・紅葉(もみじ)。

五女・碧(あおい)。

六女・翠香(すいか)。

末女・藍子(あいこ)。

合わせて七色。

『七星姉妹』。

魔女の魔法は一子相伝。母親から、娘一人にのみ、渡される。

『魔属』のほとんどが一夫多妻制であり、そう定められている。七星家もご多分に漏れずだ。妹たちの父親は一人だが、母親はそれぞれ違う。もっとも、昴は父親すら違うのだが。

魔女はその魔法を確実に次代へ引き継ぐため、魔力の大きな男児――多くは魔女の息子と結ばれる。いまは亡くなった七星家の先代当主もまた、魔女の息子であった。魔女の血を絶やさぬこと、それ自体が、国家のため、ひいては人類のためになるのである。

魔女と言っても、かぼちゃを馬車に変えたりガラスの靴を作ったりはしない。

外見も中身もあどけない少女や乙女が、何もない空間から『水晶』のような砲台を作り出し、超高熱の光線を放つ。

界獣――どこからともなく、便宜上、異界と呼びならわされている場所から現れて、街を破壊し人間を喰らい人類を脅かす未確認巨大異界猛獣――に対する突然変異。人類の唯一の対抗手段。それが魔女。

戦車が束になっても敵わないほどの、防衛力、殲滅力。

生身の人間でありながら、最強の兵器。

そんな、妹たち。

魔女は、人類を脅かす界獣との戦いを宿命づけられている。

ゆえに命がけの毎日だ。それは彼女たちを補佐する自分も例外ではない。

しかしそれでも、いまこの時、幸福を味わっている自分がいる。なぜならば、

——俺たちは、人々を守る英雄(ヒーロー)なんだ。

そんな、『魔属』たる矜持(きょうじ)があるから。

だから昴は、大切な妹(いもうと)たちとともに、大切な家族と一緒に、市井(しせい)の人々のために戦う。

人類の切り札である、魔女を守る。

そう、彼女たちは宝だ。

魔女がいなければ、人類は界獣によって滅ぶのだから。

なのに。
それなのに——。

突如(とつじょ)、昴の視界が真っ暗に染まる。黒い泥(どろ)が昴の身体を掴(つか)んで沈ませる。

——目に浮かぶのは、小さな少女の顔。

——耳に残るのは、痛切な問いかけ。

真っ暗闇の泥の底、小さな魔女が昴に問う。

お兄ちゃん。どうして、私は撃たれるの？

Though I am a terminal witch, is it strange that I am in love twice with brother?

第一章　紅い魔女

そこで、七星昴(ななほしすばる)は目を覚ました。

学校――昴の通う葉桜(はざくら)高校の校庭、その隅(すみ)っこにあるベンチだった。仰向(あおむ)けに寝転がっている。太陽が眩(まぶ)しくないのは、木の陰(かげ)だからだ。

昼休みである。昼食をとった後で眠ってしまったらしい。

「……はぁ」

身体(からだ)を起こして頭を振る。そうしてため息をついた。

また夢を見ていた。三年も前の、幸せだった遠い過去の日の夢を。

もう、『魔属(まぞく)』ではないのに。

あの場所から、逃げたはずなのに。

「そう簡単に忘れられるはずもないか……」

肩を落として、ひとり呟(つぶや)く。すると、

「え、なにカッコつけてるの?」

「うわぁ!?」

後ろからいきなり声がして、驚いた昴はひっくり返りそうになった。

振り返ると、そこにはクラスメイトの鈴鹿凜花が座っていた。短髪で、どこか猫っぽい容姿をした可愛いらしい女子だ。家が近所なので、何となく仲が良くなったのだ。ネットでも見ていたのか、手にはスマホを持っている。

きょとん、とした顔をする凜花。

「何を忘れられないの？　七星くん」

「す、鈴鹿さん……。い、いや、なんでもないよ……」

びっくりした。こんなに接近されているのに気づかないなんて。

いくら軍人でなくなったとはいえ、気が緩み過ぎている。

「えっと、いつからそこにいたの？」

「昼休みが始まってすぐ。教室から七星くんが見えて、こっちに来たらもう寝てたから、」

「隣で昼ごはん食べてたの？」

「うん。七星くんの寝顔をおかずに」

「…………そう」

触られなくてよかった、と昴は思う。寝込みを襲われたと身体が勘違いして動いていたら、彼女に怪我を負わせていたかもしれない。凜花に尋ねた。

「昼休み、まだ残ってる？」

「見て見て、七星くん！　『魔女』と『直掩部隊（ちょくえんぶたい）』がニュースに出てるよ！」

話を無視して凜花がスマホを見せてきた。動画が流れている。

画面には、背の高い美女と、屈強（くっきょう）そうな兵士たちが遠目に映っている。背景は廃墟（はいきょ）で、煙が上がっていた。戦闘を終えた直後だろう。美女は金髪で、その髪はほのかに輝いている。間違いなく魔女だ。昴は彼女の名前も年齢も好きな食べ物すら知っているが、あえて記憶を閉ざす。

兵士たちの方は、ほとんどが迷彩服にヘルメットと自動小銃を装備している。が、その自動小銃には弾倉（だんそう）の前部に青い水晶がくっついていた。そして更（さら）に部隊の数人だけ、黒いラバースーツのような戦闘服に身を包んでいる者が見える。凜花が思い出したように口を開く。

「まだあと三十分もあるよ、昼休み」

「これ何の映像？」

「旧銀座（ぎんざ）で起きた戦闘の後だって。分類（ディヴィジョン）2の界獣（かいじゅう）が出たらしいよ」

「2か……。それなら、まぁ」

大したことにはならなかっただろう。

「あ、これこれ、このひとたち、『水晶武装（クリスタ）』だよ？　珍（めずら）しいねぇ、カッコイイねぇ！」

凜花が生き生きとした顔で喋（しゃべ）りだした。

「『水晶武装（クリスタ）』っていうのはね、『遺跡』のO（オー）パーツを組み込んだすっごい武器なの！　界獣のヴァントも貫(つらぬ)けちゃうんだよ！」

「へ、へぇ、そうなんだ」

突然、水を得た魚のようになった凜花に若干(じゃっかん)ヒキながらも、なんとか相槌(あいづち)を打ってみせる昴。

そして凜花は止まらない。

「『遺跡』っていうのはね、世界中にある『超古代文明の遺跡』のこと！　現代ではあり得ないほど高度な科学技術の墓場で、帝国領内にもいくつかあるんだ！　近場だと茂木(もてぎ)とか箱根(はこね)あたりね！　七星くんは見たことある⁉」

「いや、ないかな……？」

「私もないの！　でもいつか行ってみたい！」

ハイテンションガールである。

この可愛らしいクラスメイトは兵器オタクだ。非常に残念な趣味に思えるが、こういう子のほうが意外とモテるのだと、普通の高校に入って普通の男子の話を聞いた昴は認識を改めた。

凜花が、画面に映る黒い戦闘服を指差して唾(つば)を飛ばす。

「これこれこれ！　見てこれ！　『水晶武装(クリスタ)』でも一番レアで、『直掩部隊』でも選ばれた兵士しか使えないっていう――『断界礼服(Dスーツ)』！　ビルの十階から落としても壊れないし、百人乗っても大丈夫なんだって！」

「ニンテンドーとイナバみたいな言い方だね」

「そんくらい凄いってこと！　あ〜一回でいいから実物を見てみたいな〜。触ってみたいな〜。堅いのかなぁ、柔らかいのかなぁ、舐めたらどんな味がするんだろう。電気の味かな？」

　ラビットフット合金っていう流体金属を使ってるから柔らかいよ、と教えてあげたいけど、軍の守秘義務で言えない昴。舐めたことはない。

　凜花は続ける。ちょっとだけ声のトーンが落ちた。

「でも、『水晶武装』を対界獣用兵器って言ってるけどさー。実際には、全然そんなことないんだよねぇ。ほとんど通じないんだ。良くて足止めと攪乱。——ま、でも！　界獣にはもっと有用な兵器があるしね！」

　うっとりしながら、画面を見る凜花。

　昴はそっと目を逸らした。

　映っているのは——魔女。

　有用な兵器。人間を喰らう界獣を撃滅できる唯一の存在。人間離れした魔法の使い手。陸軍の所有物。国家の所有物。自分の妹たち。捨てた家族。逃げた世界。

　胸がどす黒い気分なのは、きっと気のせい、気の迷い。

「ねぇ、鈴鹿さん」

　軍属だけじゃない。一般市民レベルにまで妹たちは道具扱いされている。そのことに何か特別な思いを抱いたわけじゃない。これっぽっちも思うことなんてない。全く自分の気持ちは揺るがない。だけどこの口は、たまに本心と違うことを喋る。

「あの子たちは兵器じゃないよ。人間だよ」

「……へ？」

ポカンとされた。何を言われているかわからない、といった顔だ。そうだろう。そうだと思う。自分だってそうだ。身体が勝手に口走った言葉に、呆（あき）れている。

けれど、止まらない。

「もし、魔女がいなくなったら、魔女が魔女でなくなったら、どうなるかな」

魔力をなくして、人間になったら、どうなるかな。

「そんなの――」

意味を取りかねてクラスメイトが首をかしげる。困った顔で結論を告げた。

「滅ぶんじゃない？　人類（わたしたち）」

ため息ひとつ。

まったく、くだらない。なんて時間の無駄遣（むだづか）い。

「だよね」

とてつもない時間の無駄遣いを積み重ねて、人類の未来は続く。

そんな無駄遣いの中、何の前触れもなしに、心がざわざわと色を変えて、紅（あか）く、黄色く、

――助けて、お兄ちゃん。

妹の声が、聞こえた気がした。

☆　☆　☆　☆　☆　☆　☆

彼女の声は届かない。人間じゃないから。誰にも届かない。魔女だから。

翔ぶ。ひたすら速く、とにかく前へ。

日がそろそろ落ちる。ここはどこだろう。生まれ育った土地に似た、深い山の中だ。追われている。

誰に――それが、彼女には『よく思い出せない』。もう『こんなにも忘れている』。『あとどれくらい、どれだけのことを、覚えていられるのだろうか』。

時間が経てば経つほど記憶を失っていく。思い出がなくなっていく。自分が信じられなくなっていく。私はどこの所属だ？　仲間や友人は？　どこで生まれた？　家族は？

思い出せない、思い出せない、思い出せない――！

確かにいたはずなのに、たくさんの家族がいたはずなのに、誇りを持てる大切な仕事についていたはずなのに、なにも思い出せない。大切なことから順番に消え去っていく。

焦燥感で頭がおかしくなりそうだった。もうずっと涙を止められない。

一瞬前の自分を覚えているから、記憶が連続しているから、今の自分が自分であると認識できるのだ。それがなくなったら、もう『私』は『私』であると言えない。それなのに、魔法の使い方や戦術行動の判断、『戦闘に必要な事柄だけはいつまでも覚えている』。まるで戦闘機械のように。人間の心の部分だけが塗りつぶされていく。

魂だけ殺される。

こんなに恐ろしいことはない。

だからその前に、せめて一度だけ、少しだけでも会って話がしたい。まだ『覚えているから』。あの日、手を握って、一緒に見たあの景色を、あの紅葉を、まだ覚えているから。

翔ぶ。ひたすら速く、とにかく前へ。木々を縫うように進む。正体も知らない、忘れてしまった敵から逃げるために。

ふいに森が途切れ彼女は街道に出た。瞬間、爆炎が吹き荒れる。視界が真っ白な閃光に染まる。待ちぶせに遭った。対戦車ロケット弾が四方八方から撃ち込まれたのだ。文字通り戦車を破壊するための兵器だが、彼女には通用しない。

人間じゃないから。魔女だから。兵器だから。

紅い光の膜が自動的に展開され、熱と爆風と鋼鉄の破片から身を守っていた。怪我はない。

けれど熱い。光の膜はそのまま、魔女の触覚へ繋がっている。膜に触れたものは手で触ったように感じられる。痛覚はある程度遮断できるがそれにだって限度がある。魔力も消費する。こんな攻撃を受け続ければ、いずれ使い尽くして彼女は一歩も動けなくなる。けれどわかっている。これは陽動と足止め。本命はすぐに――来た。

数倍の衝撃。山全体を震わせるような轟音。先の攻撃は、歩兵が戦車を破壊するためのものだった。それが効かなければどうするか。簡単だ。戦車で撃てばいい。

戦車砲の一斉着弾だった。

通信技術と発掘技術の組み合わせにより、寸分の狂いもなく死角にいる敵を砲撃する。大して近くもない距離にいる１４式戦車から放たれた多数のＨＥＡＴ弾が、魔女の身体を紅蓮の炎で包み込んだ。

彼女のいた道路が陥没し、融解し、アスファルトの溶ける異臭と巨大なクレーターを生み出す。黒煙がもうもうと上がり、肉眼による視界が利かない中で、

魔女は立っていた。

その周囲が紅く光る。

薄い光の膜が彼女を守るように明滅していた。紅い球体に包まれた魔女は、その身どころか纏う服に焦げ目すらなかった。全くの無傷だった。

『魔法』の効果である。

魔女の魔女たる所以（ゆえん）、『魔法』には、二種類ある。

ありとあらゆる攻撃から身を守る絶対防御（ぼうぎょ）、『魔泡盾（ヴァント）』。これがその一つ。

向けられた悪意や敵意による攻撃、また、無自覚な攻撃や事故にまで反応して、自動的に魔女を防御する。超長距離や視覚外からの狙撃（そげき）など、魔女本人が認識し得ないものにも展開し、味方の誤射にさえ反応する。毒を盛られても、自（みずか）ら摂取（せっしゅ）しても、効果はない。魔女に害があるものとして、ヴァントが体内に入ったそれを無効化してしまう。

故（ゆえ）に無敵。

傷のつかない、生身（なまみ）の体。

だが――それでも限界はある。

敵の戦力が大きすぎる。おぼろげな記憶が違和感を示す。これほどの部隊を展開していたなんて。十五歳の、たった一人の少女（じぶん）のために。

――人間（あなたたち）は、そんなに魔女（わたし）が怖いの？

停戦を申し入れても降伏（こうふく）しても撃ってきた。やめてと叫んでも痛いと悲鳴を上げても撃たれ続けた。彼女の声は届かない。人間じゃないから。誰にも届かない。魔女だから。

逃げなければ。

彼女がわずかに膝（ひざ）を折り跳躍（ちょうやく）の構えを見せた直後、戦車砲の第二波が着弾した。それよりもわずかに早く魔女は跳（と）んでいる。爆風に乗った小さな身体は夕暮れの空へと舞い上がった。

それを追ってロケット弾と戦車砲と小型ミサイルまで使用した、一発数百万という高額な割には地味な花火が夕空に咲いた。ただの一つも『中身』に直撃しなかった事実も踏まえれば、ボッタクリと言っていいレベルだ。

魔女が空中で体勢を整える。戦車を見つけたのだ。山沿いの道路に縦列駐車で陣取り、砲塔を彼女へ向けている。都合七両。距離はおよそ三〇〇メートル。魔女が両手を前に突き出すと、ぶるり、と光の膜が震えた。その時すでに、彼女の周りには『水晶』が二つ浮かんでいる。六角錐の、紅い水晶だ。先端が目標へ向けられ、緩やかに自転している、発射、

魔弾は光速だった。

水晶の先端が光ると同時に三〇〇メートル先の戦車二両の鼻先が爆発した。全高二・二メートルの１４式戦車より遥かに高く上がった二つの火柱は、巻き込んだ砲塔を蒸発させて余波だけで本体の複合装甲表面を融解せしめる。

魔女の魔女たる所以、『魔法』には、二種類ある。

ありとあらゆる防御を破る超高熱の砲撃、『断界魔砲』。これがもう一つ。

さらに連射が利く。

五発。先ほどよりもよっぽど派手な花火が地上から立ち上がり、七両の最新式戦車は完全に沈黙した。その光景を横目に彼女は着地。更に魔泡盾を応用した跳躍法で一気に山を飛び降りようと試みる。すぐさま魔力を足に集中させ街の光へ向けて大ジャンプ、もう一度宙を舞う。

急がなくてはならない。これまでの逃亡におけるヴァントとカノーネの使用で、すでに彼女の残存魔力量は２％を切っていた。もしも魔力が切れれば魔法を使うどころか指一本動かせなくなるほどの虚脱状態に陥る。彼女は考える。その前に山を下り、街で人に紛れ、あの人に、

「……、がっ⁉」

激痛が、右の太ももに走った。

たまらず声を上げていた。空中。落下中。足を見る。ありえない鮮血が吹き出ていた。太ももに小さな穴が空いている。銃弾の通った痕だ。ヴァントを破られた。魔力の薄い箇所を狙われた。何で。知っている。こんなにどうでも良いことだけをまだ覚えている。魔女のヴァントを貫けるものなんて。撃ち抜けるものなんて。一つしかない。

『水晶武装』。

彼女は知っていた。対『界獣』用の最終兵器だと？　あんなものが？　違う。水晶の魔力を用い、弾丸を擬似的な魔泡盾で包み込み、人間の精製するどんな物体よりも固く仕上げ、さらに捻じり、回転を加え、加え続け、音速で発射される小型ドリルのようなものが、界獣のような大型猛獣に対して本当に有効だとでも？

違う。

アレは、魔女に対抗する兵器だ。

魔女の絶対防御を破るために、極一点の破壊力だけを追求された、魔女殺しの兵器だ。

足が燃えるように熱い。傷が熱を持ち始める。気をしっかり持て。魔泡盾（ヴァント）をもっと厚く。使用されたのは恐らく対物狙撃銃（アンチ・マテリアル・ライフル）。元々は戦車の装甲を撃ち抜くための銃器。水晶の魔力を流用できる『水晶武装（クリスタ）』としては最も高火力。逆に言えば、これさえ防げれば問題ない。アレは普通の人間には消耗（しょうもう）が激しくて連射は利かない。まだ落下中。街まで降りれば。あんなものは使えない。自分なら、姉妹で最もヴァントの扱いが上手（うま）い自分なら、防ぎきれる。防ぎ、

左腕を弾丸が通過した。

「…………っ！」

奥歯を噛（か）みしめる。今度は悲鳴を上げなかった。ただどうしても涙は出る。落下中。地面が遠い。街が遠い。あの人が遠い。

魔泡盾（ヴァント）には魔女の感覚が走っている。目を瞑（つむ）り、身体を丸めた。全神経をヴァントの表面に張り巡（めぐ）らせる。怖い、怖い。恐怖の中で目を瞑ることがこんなに怖いのだと十五年の人生で初めて知った気がする。恐れるな。風を読め。魔力の流れを読め。射手（しゃしゅ）の魔力を読め。魔力には使用者の意思が乗っている。その意思を読め。スコープを覗（のぞ）いた射手の視線が、意思が、魔力を乗せた流れ星のように見えるはずだ。あの人がそう教えてくれた。

使えないだけで人間にも魔力は流れている。発掘技術は魔法を少しだけ可能にさせる。水晶に引き出された魔力はヴァントとなって弾丸を包み、音速を超えて魔女へと放たれる。

真っ暗闇（くらやみ）の中で、

一筋の光が、

見えた。

摑む。

光の膜を貫こうとうねりを上げて回転する凶弾を、右手で包むようにヴァントを集中させて弾いた。斜め後方へ飛んで行く弾丸。下を見る。遥か彼方に見えた地上がもう目の前に迫ってきていた。後ろ向きに落ちている。反転して着地の姿勢を取った。ヴァントを制御し、落下地点の修正開始。このままではあの建物に落ちてしまう。見るからにボロそうな屋上は落下の衝撃に耐えられるだろうか。無理だろう。自分は決して重くはないはずだが、慣性質量を帳消しにできるほど魔力が残ってない。修正、修正、修正――。

「あれ？」

我ながら驚くほど変な声が出ていた。痛みすら忘れる。わからない。思い出せない。忘れてしまった。敵の施した手術。その結果。時間が経てば経つほど記憶を失っていく。しかし、しかしまさかこんなことすら。

――魔法って、どうやって使うんだっけ？

落ちる。

☆　☆　☆　☆　☆　☆

「――よぉ、人類最強」

下校した七星昴が家の前でバイクを降りると、そこには見知った顔がいた。

もっと近くに用意してくれればいいのに、帝国陸軍総務課の指定した住居は学校まで片道一時間半のド田舎。人口減少の影響で葉桜高校より近郊の学校もない。二時間に一本しか来ない電車通学が苦痛で仕方ない彼は、こっそり黙ってバイク通学していた。制服のブレザーとスラックスには似合わない、ダカール・ラリーで走っていたような大型オフロードバイクが昴の大事な相棒だ。

そのバイクを停め、すぐ裏に山があるボロいマンションの入り口で、タバコを吸いながら佇んでいる男に声をかける。

「……また来たんですか、藤原さん」

すると彼は、人懐っこい笑みを浮かべて、片手を上げた。よぉ、おひさしぶり。

藤原正宗。

昴の住むワンルーム一年分の家賃と同じくらいの値段がするスーツを嫌味なく着こなし、タレ目で長髪で無精髭で、常に笑っているのが印象的。

何が楽しいのだろう。

「一昨日も会いましたよね」

「きょはっ！　きょはっはっはっは！」

奇っ怪な笑い声を上げて昴の肩をバンバン叩く。

「──で、考え直してくれた？」

「考え直すまでもなく、ノーです」

「おいおいおいおいおいお兄ちゃん。そりゃあつれないぜ。愛しの俺の頼みじゃん？」

「別に藤原さんのことは愛しくないです」

「じゃあ愛しの妹」

「…………」

「頼むよ～。このままじゃ上にバレて俺も責任問題だし、あの子らもヤバいんだって」

ため息ひとつ。

『紅葉が軍から脱走した』と聞いたのは一昨日のこと。他の姉妹とは別の任務中、突然持ち場を離れて、そのまま行方をくらましたらしい。

──紅葉の初陣、あの『薔薇』の界獣との戦闘から、三年が経つ。

いまや紅葉は立派な魔女となり、陸軍の『魔法兵器』として登録され、姉妹と共に任務をこなしていた。七星姉妹は華々しく活躍し、人類の脅威である『界獣』を狩り、力なき市井の人々を守る兵器として目覚ましい成果を上げていたはずなのに。

──いったいどうしたんだ、紅葉……。

あの真面目な妹が逃げ出したという。何もかも嫌になったのだろうか。そんなところまで兄に似なくていいのに。

ただ、出来の悪い兄貴と違う点が一つある。妹はただの人間じゃない。魔女で、兵器だ。兵器ということは、国家の所有物ということで、そこには大人の事情、政治的要素が絡んでくる。諸外国との軍事バランスだ。その影響力、そして戦闘能力は、戦車や航空戦闘機——あるいは航空母艦、潜水艦にまで匹敵すると言われている。実際、隠密性の高いステルス高速艇に魔女を乗せておけば、通常配備の艦隊程度なら一人でもなんなく圧倒するだろう。

そんな魔女がもし、もしも——どこかの国へ寝返ったら。あるいは、クーデターを画策したら。止められるのはもう、同じ魔女しかいない。

王室直属の部隊、『魔女狩りの魔女』という、文字通り他の魔女を粛清するための組織がある。裏切り者はこれまで彼女たちに例外なく殺されてきた。そうして記録上からは『廃棄済み』の判を押されるのだ。挙句、その家系は他の魔属へ吸収される。名前を変えられ、ただの戦力、あるいは世継ぎを生むための道具として使用される。——自分のように。

つまり、紅葉の脱走は、他の姉妹も——家族全体を危険に晒している。

「このままじゃ出て来ちゃうんだよ、『魔女狩り』がさ～。その前に説得してくれよ～」

「長女（紫）も次女（向日葵）もいるでしょう。今さら、逃げた俺が話すことなんて……」

「逃げたからいいんじゃん。気持ち、わかるんじゃないの？」

「……わかりませんよ」

藤原はまったく取り合わない。声を潜めて、

「どうもあの子、この地区に逃げたらしい。コースから考えると、ここを通るかもって」

どこへ向かっているというんだろう。

「人類最強の七星ならカノーネを掻い潜って説得できるだろ。もし会ったら頼むわ」

「その呼び方やめてくださいよ……」

大きな流れに飲まれたと感じる。すると、藤原がどこかから連絡を受け、携帯端末に向かって話し始めた。短いやりとりのあと、

「じゃ、そういうことで」

と踵を返した。用が済んだら長居は無用か。その背中に問いかける。

「――藤原さん、いま、どの部署にいるんですか」

責任問題になると言っていた。それはつまり、『妹たちが彼の下にいる』ということだ。

きょはっ！　と藤原が笑う。顎を上げて、肩越しに振り返った。

「研究部」

目は笑っていなかった。にも拘わらず、心の底から愉悦しているように見えた。

何が楽しいのだろう。

藤原が帰って、自分も家に帰ろうとバイクを押して駐輪場へと歩き始めた直後――隕石が落ちてきた。

紅い、隕石だった。

☆　☆　☆　☆　☆　☆　☆

そういえば、と昴は思い出す。自分が悲しい時は、いつもあの子が頭を撫でてくれたな。目一杯背を伸ばして、妹のくせに、生意気な、可愛いやつ。

死傷者が出なかったのは不幸中の幸いだと思う。

秋の夜空から落ちてきたその物体は、昴の住むマンションの隣にあったボロい公民館の屋根へ轟音とともに激突し、地下シェルターまで一気に貫いて落ちていった。

その物体は、いま昴の目の前にある。自分がどうやってここにやってきたのか覚えていない。ただ、心臓がわしづかみにされたように、きゅう、と鳴った。

目の前。手の届きそうな距離。

紅い光の膜――ヴァントに包まれて、眠る魔女が仰向けにゆっくりと地面へ降りていく。

妹だった。

「──紅葉！」

思わず名前を叫んで駆け寄る。落ち着け、落ち着け。

肉眼で三年ぶりに見る妹は、別人かと思うほど成長していた。

ツインテールが床に乱れる。やけに膨らみの大きい紺色のブレザーと白いブラウスは胸元がはだけていた。短いキュロットスカートからはオーバーニーソックスに包まれた足が伸びていて、履いている靴はそこだけ無骨なコンバットブーツ。学生服のような格好に、学校に憧れていたのかな、と頭の片隅で昴は思う。

身体が自動的に動く。傍らに寄ってしゃがんだ。脈を測る。意識はないが生きている。魔力も微量だがちゃんと感じる。落下の衝撃は全てヴァントが受け止めたのだろう。左腕と右太ももに抉られたような銃痕が見え、それを包むように小さな紅い光珠が灯っている。ヴァントによる自動的な治癒だ。いまなお続けられている。

もともと肌は白かったが、いまは白いというより真っ青だ。顔に血の気がない。額と頬に手を当ててみると、びっくりするほど冷たい。名前を呼ぶと、唇がわずかに動いた。ばかみたいに大きな目をゆっくりと開ける。視線が定まらない様子で、ぼんやりと辺りを見渡したあと、昴と目が合った。瞳に感情が宿る。驚きの色、それから、涙をひとしずく、こぼした。

七星紅葉。

昴の、四番目の妹。

小さい頃に約束をした女の子。

傷ついた魔女が、かすれた声で喋った。


——助けて、お兄ちゃん。


そして、再び意識を失った。

「紅葉！」

再び声をかけるが、反応はない。陸軍に追われ、ここまで逃げてきたのだろう。脱走した魔女には射殺が認められている——だが。

「…………………っ!!」

紅葉の腕と太ももに穿(うが)たれた銃痕をその目で見て、昴は怒りで震えだした。

——紅葉も、『あの魔女』のように殺すつもりだったのか……！

昴にはそれが許せない。決して許すことはできない。紅葉を殺させることを、許容できるはずがない。

そして、この状況はまずい。紅葉の魔力が枯渇(こかつ)しかけている。このままでは手遅れになってしまう。一刻も早く魔力を供給しなければならないが、この場に留まっていては陸軍に見つかるだろう。まずは移動しなければ。

「——紅葉、ごめんな」

眠る紅葉に謝って彼女を背負った。柔らかく軽い身体に一瞬だけ思考に邪念が混じるがすぐに押し出す。緊急用の出口を見つけ、そのままシェルターから脱出する。

そうして七星昴は、義妹であり、婚約者であり、魔女である少女を背負って、逃亡した。

Though I am a terminal witch, is it strange that I am in love twice with brother?

第二章　水晶の魔女

「――……はぁっ……あん……あっ、あっん……♡」

眠っている紅葉（もみじ）が、ときおり艶（なま）めかしい喘（あえ）ぎ声を上げる。

それもそのはず、

「……医療行為、これは医療行為、これは医療行為……」

魔力不足で眠る紅葉に、『協力者』の助言に従って、昴（すばる）が魔力を供給しているのである。胸を揉（も）みながら。

「あふぅ……ぅん……あっ、……ん……ふあっ……♡」

自宅からほど近い、廃墟（はいきょ）ビルの一室。

床はところどころ剝（は）がれ、電気も通っていないため薄暗い。元は何かの事務所であったのだろう、古びたデスクや椅子（いす）、ソファが置き去りにされていた。

そのソファの上で、毛布に包まれた紅葉が座った状態で眠っていた。昴からは見えないが――あえて見えないようにしたのだが――毛布の下は上半身裸（はだか）であり、乳房だけでなく、小さい肩や細い腕、首筋に至るまで、魔力切れを示す白い紋様がその綺麗な肌に浮かび上がっている。目は閉じたままだが、まぶたがぴくぴくと動き、口からは時たま、切なそうな声が漏れていた。ツインテールの短い髪は、消えかかる魔力がその存在を主張することで補給を得ようと――まるでエマージェンシーコールのように――燃えるように赤く輝いている。

　そして彼女に覆い被さるように、昴が正面から向き合って、その胸に手を置いていた。毛布の中に手を入れる形だ。

　昴の両手にも紋様が浮かび上がっている。彼のそれは紅葉のと違って赤い色だ。それは、『紅』を魔力色とする魔女・七星紅葉と繋がっていることを示している。この紋様を合わせ、規則的に動かすことで魔力を注入するのだが。

　むにゅう。もにゅう。

「あっ……はぁん……♡　ふぁあぁっ……♡　あぁああん……♡　やぁあぁ……んっ♡」

　昴に胸を弄ばれて、喘ぐ紅葉。

　そう、胸に手を置いて動かすのだから、必然、揉むことになる。

　――いや。

　それはいい、と昴は思う。

　本当は全然よくはないけど、とりあえず置いておく。

　問題なのは――胸だ。

比喩ではなく、紅葉の顔よりも大きいのだ。

巨乳なのだ。

爆乳なのだ。

魔乳なのだ。

いつの間にか——三年ぶりに会った十五歳の妹が、こんなに大きく育っていたのだ。

「はぁん……♡　あぁああん……♡　ふあぁっ……♡　やぁああ……っ♡」

むにゅり。

まただ。

紅葉の喘ぎ声に混じって、確かに聞こえた。

耳で、ではない。手で聞いた。

昴の掌が、関節が、爪が。

人間の肉体で最も触覚を得られ刺激を捉えやすいと言われる指先が、聞こえるはずのない擬音を、聞いた。

むにゅり、むにゅり。

触ってみてわかることもある。とんでもない大きさだ。見た目以上である。乳房が掌からはみ出るどころか、指の先からもこぼれる。そしてこの重み。ぱんぱんに張った水風船でもこれよりは軽い。しかもこの美しい球体は決して割れたりはしないのだ。揉めば揉むだけ形を変えて昴の手から逃げるように——あるいは昴の手を弄ぶように、むにゅむにゅと動くのだ。

妹の成長は喜ばしくはあるのだが、まさかこんなに大きくなるなんて——自分の掌でも掴みきれないほどたわわに実るなんて、お兄ちゃんはびっくりです……。

そのわりに、身長はやけに低い。おそらく一四〇センチあるかないかってところだろう。成長を全て胸に取られてしまったかのようだ。背丈は三年前とさほど変わっていないのではないだろうか。

「んぅはぁっ……！　あっ、あっ、あぁぁぁああ……ん！」

昴がそんなことを考えながら魔力を注いでいくと、紅葉の肉体と喘ぎ声に変化が生じた。紋様が薄くなり、髪色も黒に戻っていき、そして嬌声は一段と大きくなっていく。

魔力が満ち足りる前兆であった。そして、

「——紅葉っ……！」

「あっ……ああっ…………はああ————ん♡」

ひときわ大きく鳴いて、びくんびくんと体を震わせ、紅葉はソファに沈むように脱力した。

体から紋様が完全に消えていた。魔力が戻った証拠である。

「……ふぅ」

息を吐いて、自分も紅葉の隣に座った。

だいぶ魔力を吸われてしまった。全身を倦怠感が包む。睡魔が煙のように頭の周りを漂っていた。首を振って眠気を追い払おうと試みる。

隣を見ると、紅葉がすぅすぅ、と寝息を立てていた。寝顔は安らいでいるように見える。

とにもかくにも紅葉に目を覚ましてもらい、事情を聞かなくてはならない。脱走には相応の理由があるはずだ。陸軍に引き渡すとしても、情状酌量を認めてもらうよう藤原に話をつけなければ。

このままでは紅葉は、反逆者として命を狙われ続けてしまう。

軍から逃げ出したような自分では、とても帝国を相手に紅葉を守り続けるなんてできない。他の妹たちと連絡が取れない以上、『協力者』の力を借りて穏便に済ませる方法を模索するのが一番だろう。


……と、七星昴はこの瞬間まで愚かにもそう考えていた。


自分がなぜ逃げ出したのか。

あれほど誇りを持っていた『魔属』から、あれほど大切に想っていた家族から、なぜ逃げなくてはならなかったのか。

その理由も、その意味も忘れ去って。

「――どう、て？　おにい…………れるの？」

だから、眠る妹が助けを乞うように呟いたその言葉に、昴ははっとして紅葉を見る。

彼女は確かにこう言った。

「お兄ちゃん。どうして、私は撃たれるの？」

それはかつて昴が問われ、そして答えられなかった、あの魔女が発した同じ嘆きだった。

そして妹は目を開ける。

「…………あ」

身体を起こした彼女から毛布が滑り落ちて、豊かな胸が露になり、その谷間の奥で『何か』が光った。

焦点の定まらない眼が、呆然とする昴を捉え、口を開く。

七星昴に、七星紅葉が問いかける。


――あなたは、誰ですか？

★　★　★　★　★　★

二年前。

まだ軍人だった七星昴は、一人の魔女と戦っていた。

九州の更に南の、とある離島。人口が千人に満たない小さな島。そこに、百名を越える陸軍特殊部隊が陣を構えていた。森のなかで、ひっそりと。

裏切り者の逃亡阻止が任務。ただし相手は魔女だった。そして相手を知っていたはずなのに軍司令部は敵を舐めていた。

『研究部から持ち出された調査中の「水晶」を奪い返すこと。亡命時の取引材料として使用されると思われる。魔女については、可能な限り生かして捕らえるべし。』

無論、不可能だった。

頼みの綱の『水晶武装部隊』が瞬く間に敵の断界魔砲熱線で全滅し、苦労して海岸から引き上げた機甲部隊（戦車・自走砲）も敵の砲撃で呆気なく蒸発し、埋めておいた指向性地雷は魔泡盾に阻まれた挙句に味方を巻き込み、飛び散った火が森を燃やし始め、運良く降ったスコールのおかげで鎮火はしたものの霧が発生して自分の手すら見えなくなるほど視界が悪くなった。

爆発音。何かが燃える音。発砲音。腕が溶けた、という叫び声。やがて静かになる白い世界。

霧が晴れたとき、自分の部隊は誰もおらず、イヤホンから垂れ流されていた指揮官の怒声は途絶え撤退を命令する者はいなくなり、辺りは溶け残った死体ばかりで生きている味方は一人たりともいなくなり、いつの間にか砂ばかりの海岸に彷徨い出て周りに遮蔽物は何もなく、

目の前には小さな魔女がいた。敵だった。

死んだ、と思った。

妹の顔が浮かんだ。

死ねない、と思い直した。

昴は一人。敵も驚くべきことに、一人だった。

敵は一人で百名に近い数を殺し尽くしたが、昴はその百名の中で最も優秀な一人だった。

優秀な兵士には高性能な武装が与えられる。

『水晶武装（クリスタ）』。

指揮官に『魔属』出身として疎（うと）んじられ、「これ以上手柄（てがら）を立てさせるわけにもいかない」と部隊ごと後方に回された兵士にしては、あまりに高性能。

その武装は水晶付きの自動小銃（アサルトライフル）と、やはり胸部に水晶の付いた――『断界礼服（Dスーツ）』。発掘技術の最先端、Oパーツの恩恵を受けて製造されたそれは、流体金属『ラビットフット合金』を要（かなめ）とする。従来の外骨格スーツよりも薄くて軽く、必要時に流体金属が膨張（ぼうちょう）し、性能を発揮（はっき）する。

つまりは、超人化する。

姿を隠すためであろう、ポンチョ姿で目深（まぶか）にフードをかぶった背の低い魔女。その周りの大気がぶるり、と揺れた次の瞬間、断界魔砲（カノーネ）の砲撃によって地面が爆発した。その時にはもう昴は横に跳（と）んでいる。Dスーツのアシスト機能が使用され、およそ人間には不可能な距離、一足飛びで十メートルを跳躍（ちょうやく）。昴の右手の指が引き金を引く。

――ったたたたたた、

自動小銃から吐き出される銃弾を魔女の目は捉えることができなかっただろう。しかしその必要もない。魔女の周囲を魔泡盾が自動的に覆い尽くし、派手な火花を散らして無効化する。

……が、わずか二発だけはヴァントをすり抜けて後方に着弾した。魔女には当たらなかったが、障壁の薄い部分があると判断できる。

『水晶武装』による銃弾であっても魔力をたっぷりと残した魔女のヴァントを破ることは容易ではない。だが残り少ない魔力をかき集めて、前面にのみ厚く展開していたとしたら？

やれるかもしれない。敵うかもしれない。味方の犠牲が魔力を消費させた、今なら。

着地と同時に敵の周囲を円を描くように跳ぶ。これでも『魔属』の端くれで、膨大な魔力を持つ昴だが、Ｄスーツの全開使用は一分が限度。瞬殺が要求される。二時の方向、五メートル先に、砂漠の塔よろしく砂に真っ直ぐ突き刺さった自走ロケット砲塔の残骸を発見。腕に装備された『コイン』を二枚魔女に向かって投げつけると同時に、空いている手を残骸の方向へ伸ばした。

魔女のヴァントにコインの形をした閃光手榴弾が反応。視界が真っ白になる。

思わず手で目を守る魔女。閃光が収まった時、しかし昴はいなかった。コインを投げつけた直後に腕から伸ばしたワイヤーアンカーで砲塔を巻きつけ急旋回してそのまま残骸を登り、頂点から跳躍して今まさに魔女の頭上にいることなど、フードをかぶった彼女からは見えるわけがなかった。

　空中にいる昴がその手に持つのは虎の子の一刀。『水晶』そのものを刃の形に研ぎ澄ませた刃渡り二〇センチの碧いナイフ。魔女だった母親から魔法の代わりに受け継いだ唯一の形見。

　それを光の膜へ真っ直ぐに突き立てる。悲鳴のような耳障りな切削音が響いた。

　——ぎぎぎぎぎぎぎぎぎぎぎぎぎぎぎぎぎぎぎぎぎぎぎぎぎぎ。

　薄い、行ける、行け——切り裂け！

　昴のナイフが、魔女のヴァントを切り開いていき、

　一分。

　Dスーツが効果を停止させるのと、障壁を破った昴が振り返った魔女を砂浜に押さえつけてその首筋にナイフを這わせるのは、同時だった。

　なぜ刃を止めたのか、今でもわからない。

　生かして捕らえよ、と命じられていたから？　仲間を跡形もなく蒸発させられたのに？　勢いのままナイフを振り下ろす方が、ぎりぎりで止めるよりもよっぽど簡単なのに？

　一生わからないと思う。

　ただその偶然のせいで、昴は見てしまった。見なくてもいいものを。

「——誰なの」

　少女は滂沱の涙を流していた。

フードの下の顔は涙で腫れていた。殺されそうになったから泣いたのではない。きっとこの魔女は泣きながら殺していたのだ。やりたくないのに、戦いたくないのに、殺したくないのに撃っていたのだ。なぜ？　なぜお前は泣いている？　お前は何から逃げていた？　そこまでして、なぜ逃げる必要があった？

魔女が呟く。

「誰なの、私は」

どうして追われるの。どうして撃たれるの。私は何なの。思い出せない。何も思い出せない。大切なことがあったのに。大事な人がいたのに。守るべき何かがあったはずなのに。どうして誰も聞いてくれないの。どうしてみんな、私のことを怖がるの。

魔女の瞳が、昴のDスーツ、その胸部に埋め込まれた『水晶』を捉える。

ああ、水晶――。私も同じ、

胸に、あるの。

まるで目が勝手に動いたかのように昴の視線は魔女の胸に吸い込まれた。ポンチョの下に彼女は何も着ていなかった。滑らかな肌、幼い起伏、その胸の谷間に、確かに、確かに同じように、昴のDスーツと同じように、『水晶』が埋め込まれていた。

ただし素肌に。

閃きが雷のように脳裏を駆け巡る。情報とも呼べない断片的な噂の数々が見えない糸でつながっていく。『界獣』の増加。魔女の手が足りない。研究部による兵器開発。より強く、量産できる兵器を。発掘技術と界獣の類似点。界獣と魔女の共通点。命令――研究部から持ち出された『水晶』を奪還せよ。水晶。実証実験。――人体実験。

回答。

この子は研究部による実験を受け、胸に『水晶』を埋め込まれて強化させられた。その代償として記憶を失ってしまった。何もかも忘れ去り、抗うように求めるように逃げ出した。口封じのため任務が発生し、自分たちはその情報を知らされずに戦い、多くが殺された。

馬鹿な。

そんな馬鹿な話があるか。

そんな馬鹿な話を、誰が信じるというのか。

だが、いま目の前で泣いているこの魔女は何だ。多くの仲間を殺しておきながら、それすら生き残るために仕方なく撃ったと言わんばかりに泣いている、この魔女は、

「お兄さん」

そう呼ばれて、妹の顔が浮かんだ。目の前の魔女が、妹に見えた。

自分の名前すら忘れてしまった魔女が、昴に問いかける。

「私は何をしたの？」

何をされたの？

どうして撃たれるの？
昴にはわからなかった。
一生わかりたくなかった。

気がつけば昴は組み伏せた魔女から身体をどかしていた。呆然として座り込み、全ての思考を放棄した。昴は十六歳だった。年齢は言い訳にならないが、世界に絶望したのは初めての経験だった。幼い魔女を守ろうとも、魔属の誇りを汚した実験の真相を暴こうとも、ましてや何も知らないふりをして任務を全うしようとも思えなかった。ただただ呆然と、機甲部隊の残骸と溶け残った仲間の死体を眺めていた。潮の香りに焦げ臭さが混じって、今日の朝食に出た魚介類のレーションを思い出した。同じ部隊の三村サンが魚が嫌いだからと全部くれた。その三村サンは目の前で体を半分にされて、最後は肉が食いたかったなぁって泣きながら死んでいった。自分はしばらく何も食えそうにないな、と思う。魔女がふらふらと立ち上がった。よく見ると裸足だった。どこへ行くつもりなのか、海へ向かって歩き出す。あの子は何歳なんだろう。紅葉よりは小さいかな。六女《翠香》と同じくらいに見えるから八歳か九歳だろうか。あぁ、妹たちに会いたいな――。

びちゃっ。

…………………………おおお――ん。

近くで破裂音が聞こえた。遠くで発砲音が響いた。音速を超える弾丸によるものだと経験で知っている。水晶武装。それも最火力。水晶付きの対物狙撃銃から放たれた弾丸が、妹と変わらぬ年端の少女の頭を粉々に吹き飛ばしていた。スイカみたいに。

首から上がない少女だった物が無造作に倒れた。軽すぎる体は砂浜に埋まりすらしない。

もう、やめろよ。

声が出なくなるまで泣きたかった。でも泣けなかった。今日まで過ごしたありとあらゆる日々が、その無責任さが、そのお気楽さが、何も知らなかった自分が、まるで恥知らずに思えた。

──なにが人々を守る英雄だ。

全ては欺瞞だった。こんな世界に生まれてきたことを後悔した。自分も仲間と一緒に死にたかった。いますぐ死にたかった。ナイフを首筋に当てる。あまりの鋭さに、斬った感覚すらないのに血が滴っている。そのまま力を強めて、

──私、お兄ちゃんのお嫁さんになる。

妹の顔が浮かんだ。

何度やっても薄皮一枚切ったところから進めない。やがて諦めた。ついに死ねなかった。

どれくらい経っただろう。

「──よぉ、人類最強」

声をかけられる。気安い声だ。笑っているみたいだった。顔を上げると、身長より大きな銃を肩に担いだ藤原がタバコをくわえて立っていた。水晶付きの対物狙撃銃。何もかもに裏切られたような気分になった。そんな昴を見て、藤原がきょはっはっ！　と笑う。

「任務成功。おつかれさんっ！」

膝をついた昴の肩をバンバン叩く。人懐っこい笑みを浮かべて「い～い囮役だったぜ！」と賞賛してくる。心底、愉快そうに笑う。

何が楽しいのだろう。

きっとこの人は知らないんだ。少し前の自分と同じで。任務に忠実に従い、一日に数発しか撃てない水晶武装を確実に命中させるために、指揮官や仲間がいくら死のうとも狙撃地点から決して離れない、兵士の鑑みたいな人なんだ。

昴はそう思うことにした。藤原の行為を是認するためではなく、己の心を守るために。

だから、藤原が携帯端末でどこかに連絡して、

「実験終了」

と報告したのは、聞こえなかったはずである。

病院で一年と八カ月を過ごした。

妹たちとは会えなかったが、小さい頃から世話になっていた使用人さんが三日に一度来てく

れた。怪我は大したことはなかった。魔女の砲撃の余波を浴びたり、Dスーツの全開使用による負担程度なもので、一週間もすれば傷はなくなった。

　精神がダメになった。

　組み伏せた魔女の顔が日替わりで七人の妹になった。最後はいつもスイカのように飛び散って、そこで目が覚める。一週間で一周りすると、ついに魔女の顔が最初からスイカになっていた。その日はマシだった。起きている間も、人の顔がスイカにしか見えなくなることがあった。よく弾け飛ぶ。

　妹たちの華々しい活躍が、メディアに乗ってやってくる。

かなり救われた。画面越しに紅葉の笑顔を見て、ようやく泣くことができた。

　しばらくして、最初は鉛のようだった身体が少しずつ動かせるようになって、体力も戻ってきた。いよいよ復隊間近と周囲がにわかに騒ぎ出した。そう言えば軍内部での評価はそれなりに高かったことを思い出す。人類最強などと持て囃され、あの戦場で断界礼服を着用していたのは自分だけだった。ほんの少しだけ想像してみる。もう一度、戦場に立って、銃をにぎ、

　スイカが吹っ飛んだ。そんな幻視をした。

　一週間くらい妹の顔がループした。魚はまた食べられなくなった。

　そして病院から逃げ出した。何もかも嫌になり、陸軍を脱走して、捕まって、カビ臭い灰色

の個室から解放された後にはもう、魔女とも魔属とも軍事とも何の関わりもないただの高校生になっていた。明日からここへ通えと制服を渡されて、普通の高校へ勝手に編入されていた。

そうして、今。

目の前には、約束を交わした少女がいる。

しかし——彼女は。

★★★★★★★

——あなたは、誰ですか？

目を覚ました妹の問いかけに、昴はわずかにたじろいだ。妹の座るソファが、ずず、と動く。

わからないのだろうか。無理もない、三年ぶりだ。紅葉も変わったし、自分もそうだ。

「七星、昴、だよ。紅葉」

「昴……？　七星……？　紅葉……が、私の……？」

けれど妹は昴の名に反応しない。自分の名前すらもわからない、覚えがないと言ったように視線を彷徨わせる。

——覚えが、ない？

胸中に嫌な予感が広がっていく。逃げた魔女。研究部からの依頼。記憶の混濁（こんだく）。そして、

「私は、誰ですか……？」

そして露になった胸元から、その深い谷間の奥に何かが光ったように見えた。視線が吸い寄せられる。見たくない。認めたくない。嫌だ。もう、やめてくれ。

妹の胸に、紅（あか）い水晶が埋め込まれていた。

その、彼女の手よりも大きな水晶が、どくんと脈動する。

信じない、信じない、信じたくない。けれど、どうしようもない現実が目の前にある。何よりも自分は、この光景に見覚えがある。

自分の妹が、人体実験をされた挙句、記憶を失っている。

世界に絶望したのは二度目だった。

昴はしばらく、何も答えることができなかった。自分の内側にうねり乱れる感情を抑えつけるのに必死だった。

叫び出してしまいたかった。何もかもを絶叫に変えて吐き出してしまいたかった。怒りも悲しみも苦しみも全て曝（さら）け出してしまいたかった。けれどそれは自分だけの感情だ。目の前で震

える紅葉にそれを見せてどうする？　いま一番つらいのは紅葉なのだ。そんな妹を無視して、自分の感情を撒き散らして、この子が怯えてしまったらどうする？　紅葉の気持ちを最優先に考えて、家族として、兄貴としてすべきことを、

「ち、近寄らないで……！」

まどろみから覚醒し、慌てた紅葉がソファから転げ落ちた。手を貸そうとした昴を警戒した様子で睨む。——シェルターに落ちる直前の戦闘だけを思い出したのだ。怯えるように、座ったまま後ずさった。

「あなたも、私を、撃つの……!?」

胸が抉られるような痛みを昴は感じた。大いに狼狽えて叫ぶ。

「ち、違う！　俺は、」

君の、

そう言おうとして、固まった。

紅葉の周囲に、昴の目前に、魔泡盾が生まれた。魔女による、この上ない拒絶の証。

昴は知る由もないが——紅葉はもう限界だった。気がつけば拘束され、常に致死量の毒物を点滴され、それを分解するために限界ギリギリの魔力を使用しヴァントも展開できず、移植手術を施された三日後の夜に移送が決まり、わずかに回復した魔力で高度一万メートルを飛ぶ輸送機から隙を見て飛び降り、待ちぶせされた陸軍特殊部隊と交戦し、記憶がなくなる喪失感に

苛まれ、たった一人でここまで逃げてきた十五歳の少女は、その心は、もう、限界だった。敵の追手の一人かもしれない昴に泣き事を言う程度には、限界を迎えていた。

妹が口を開く。

「もう、嫌、もう、嫌、もう嫌なの」

妹が言葉を紡ぐ。

「私が一体、何をしたの……？　どうして、逃げなくちゃいけないの……？」

肩が小刻みに揺れ、唇が震えだし、顔がくしゃくしゃに歪み、心の余裕を全て使いきり、コップから水が溢れるように、涙が、こぼれ落ちて、ボロボロと、ぐしゃぐしゃと、

「この胸の、水晶は、何なの……！　私は……私はっ……！」

堰を切ったように、泣きだした。そこからは怒濤だった。

床に頭をこすりつけて妹は吠えた。ただの獣になったように泣いて叫んでわめき続けた。形のある言葉はほとんどなかった。なんで、どうして、わからない、思い出せない。肺の中の空気を全て咆哮に変えて、空っぽになれば埃っぽいそれを思いっきり吸い込み、また叫び続けた。

帝都のはずれの小さな街の小汚いビルのボロい空き事務所の地べたで、七星紅葉は体を丸めて蹲り、この状況に陥る原因を作った全て——世界そのものに呪いを吐き散らすように号泣した。聞く者の心を引きちぎるような叫びだった。みんなしんでしまえ。みんななくなってしまえ。みんな、みんな。

そしてその悲痛な叫びを、この世で誰よりも重く受け止める人間が隣にいる。

このとき確かに七星昴の心は砕（くだ）け散った。あの戦場でも保っていた最後の一線を妹の慟哭（どうこく）が越えさせた。彼にとっての転換点（パラダイム・シフト）は、この時点でもう迎え終わっていた。


昴は今でも、自分はあの戦場でどうするべきだったのかと思い悩むことがある。

あの時、あの小さな魔女を連れて、逃げるという選択肢（し）もあったのではないかと。

そう考えては、否定していた。

――いや、無理だろ。そんなこと。自分みたいな、何もかも放り投げて逃げ出したような半（はん）端（ぱ）な人間に、帝国政府を相手取（あいてど）って一体何ができるっていうんだ。

何もできないし、何もできなかった。

ただ目の前で、妹と同じ魔女で、妹と同じくらいの歳（とし）の子が殺された。

それは『敵』だったからだ。任務だったからだ。命令だったからだ。

だがなぜ、この可能性を考えなかったのか。

妹が同じ目に遭（あ）うはずがないと、なぜ信じていたのか。

わかっていたはずだった。魔女は人間扱いされていない。子供の頃からわかっていたはずだった。彼らにとってアレは人体実験ですらないのだ。ただの実証実験。兵器開発。運用テスト。

人類のため、この世界のため、みんなの未来を守るため。

魔女には、犠牲になってもらう。

そんな馬鹿な話があるか。

藤原には説得を要請された。このままでは『魔女狩りの魔女』が出てくると。そうなる前に、穏便にすませるように、自発的に軍に戻るよう促してくれと。

——穏便に？　このままでは『魔女狩り』に殺されてしまうから？

何を言っている？

このまま引き渡すほうが、よっぽど危険だろう？　藤原は知っていたはずだ。研究部に所属しているという藤原は、わかっていたはずだ。紅葉が実験台にされていることを。その上で事実を隠し、昴に説得を要請したのだ。そんな奴に妹を託せるわけがない。

だがどうする？　自分には何ができる？

腐っても藤原は軍の人間だ。相手は帝国陸軍の研究部だ。その連中を相手に妹を保護し続けるなんて、ましてや一緒に逃亡するなんて、国家そのものと戦うようなものだぞ？　そりゃ確かに二年前まではそこそこ有能な兵士だったかもしれない。だが、たかが一兵卒だぞ？　しかも今はただの高校生だ。他の妹に連絡も取れない。そんな男が本当にこの子を逃してやれるのか？　そして、命を賭けてまでこの子を守る理由が自分にあるのか？

笑う。笑ってしまう。まだこんなことを考える余裕が自分にあるなんて。

二秒。昴は停止した。愚問だった。己を恥じるための二秒だった。いまだ泣き続ける紅葉にきっぱりと言う。

「俺は、君の兄貴だ」

この理由だけで十分だった。ありとあらゆる怨嗟を飲み込んでそれだけを告げた。

妹がこんな思いをしなければ続かない世界なら、そんなものは壊してしまおう。

光の膜の中で、顔中を涙で濡らした紅葉が顔を上げる。「お兄、さん？」

昴は頷く。そして決断する。

この最強の存在である魔女を――この儚くも弱い妹を――

「君は、俺がこの手で必ず守る」

たとえ人類が滅んでも。

七星昴はそう誓った。二年前にはできなかった、覚悟であった。

そうして、膜に閉じこもった紅葉に手を伸ばす。手を伸ばしながら、思い出す。

魔女が有する無敵のバリア、魔泡盾。向けられた悪意や敵意による攻撃、また、無自覚な攻撃や事故にまで反応して、自動的に魔女を防御する。超長距離や視覚外からの狙撃など、魔女本人が認識し得ないものにも展開し、味方の誤射にさえ反応する。毒を盛られても、自ら摂取しても効果はない。魔女に害があるものとして、ヴァントが体内に入ったそれを分解してしまう。

故に無敵。

傷のつかない、生身の体。

だが――。

七星紅葉と呼ばれた魔女は、戸惑っていた。

昴という名の青年の手が、紅葉の展開した魔泡盾にゆっくりと伸びていく。魔女が身を固くする。破られるのを恐れたからではない。激しい拒絶の意思に反応し、無意識に展開したヴァントは、触れるものをその超高熱で融解してしまう。解除しなければ。けれど――と心の中で何かが言う。大丈夫だよ、心配ないよ。知らない自分の声が――あるいは身体を流れる魔力そのものの声が――聞こえる。そのひとは、大丈夫。

本当だった。

彼の手は壁に弾かれたりはしなかった。何に阻まれることもなくゆっくりと紅葉に近づいてきた。不思議なことにちっとも怖くなかった。何故だろう。魔法が彼の侵入を拒まなかったからだろうか。覚えていないのに、忘れ去ってしまっているのに、ただ漠然と待ち望んでいたように思えるのだ。こうなることを。

そのまま紅葉は昴に抱きしめられた。優しく包まれるようだった。

そして悟る。ヴァントが傷つけなかった理由。簡単なことだった。攻撃じゃないから。悪意も敵意もないから。

そして、なによりも。

私が忘れてしまった『私』は、このひとに触れられたいと思っている――。

抱きしめられたその胸の中で、懐(なつ)かしい思いが去来(きょらい)するのを紅葉は感じていた。溢れんばかりの郷愁(きょうしゅう)感。彼の魔力の香りと、彼自身の匂(にお)いとが、魔女の鼻孔(びこう)をくすぐる。叫び出したいほどの嬉(うれ)しさと愛しさが、大波となって紅葉の心をさらっていく。

ただ、この感情がどこから生まれたのか――それだけはどうしても思い出せなかった。

☆　☆　☆　☆　☆

暗い室内で、男がタバコを吸いながら、やけに楽しそうに携帯端末で通話をしている。

「よぉ～、オレオレ。どうだ～、アレはちゃんと逃げたか～？」

『バッチリッスよー。いや、陸軍特殊部隊っつっても、大したこたぁないッスね』

「ま～相手がアレだからな～。急ごしらえの部隊じゃそんなもんだろ～よ。そのためにお前らみたいなの雇(やと)ってんだからよ～。ちゃんと足止めはしたんだろ～な～？」

『そりゃもう。カズがアレ見たら張り切っちゃって、水晶付き対物狙撃銃(バレット)で三発も』

「オイオイオイ、屈折したロリコンはこれだから怖（こえ）ぇんだよ。殺してねぇだろ～な？」

『ダイジョブッス。三発目は弾かれてましたからねー。ありゃスゲぇや。タマンねぇッスわ。カズじゃなくても遊びたくなりますよ。で、俺らはこれからどうするんスか？』

「一旦（いったん）待機。これから捨てゴマ動かすからよ～。その後でシメてくれや。いつも通りに」

『へーへー。で、ものは相談なんスけど。どうせ最後にゃ殺すんでしょ？　その前にアレ、揉ませてくださいよ』

「あ～あ～、ハイハイ。すげ～胸してたもんな～。ちょ～デカくて邪魔そうだった」

『いや、ありゃスゲぇや。タマンねぇッスわ』

「じゃ～殺す前に揉ませてやるよ～。ったく、しょうがね～ゲスどもだな～」

『お互い様じゃないッスか。で、兄貴の方はどうします？　殺（バラ）すんスか？』

「ばっか、お前らじゃ無理だよ。『人類最強の歩兵』っつー笑えねぇ呼び名が付いてんだぜ？　魔女とタイマン張って倒すわ、どっから狙っても必ず感づくわでスキがねぇ。お前らも下手に見るんじゃねぇぞ～？　居場所バレるからよ～」

『人工衛星（えいせい）の目ぇ使えば余裕っしょ？』

「それがよぉ、なぜか衛星経由でバレるんだわ。ダメダメ、魔女よりヤバいんだからよぉ～」

『じゃ、どうするんスか？』

「言ったろ？　捨てゴマ使うって。お兄ちゃんはこっちでヤッから、お前らはロリ巨乳だけ狙ってな。あとでたっぷりヤらしてやっから」

『了解ッス。頼んますよぉー』

通信終了。

男の口から、ふぃーと紫煙が吐き出される。

「さーてお兄ちゃん、頑張らねぇと、妹のおっぱい揉まれちゃうぜ？」

何が楽しいのだろう。

男は夜空に向かって愉快そうに笑った。

きょはっ！


この男について少し語る。

少年時代の家庭環境は、親が軍人であることを除いては、ごく普通のものだった。

ネグレクトを受けていたわけでもない、愛情を貰えなかったわけでもない。にも拘わらず、彼の精神は歪んでいた。他人の悲鳴や苦痛を見聞きすることが何にも勝る喜びだった。それは食欲よりも強く、彼はいつしか、いくら食事を摂っても腹が満たされない自分に気がついた。そういう時は、たいてい同じクラスの弱い誰かを泣かせたり悲しませたりした。そうするとお腹がいっぱいになるのだ。

やがて思春期を迎えると、それは性欲と繋がった。ゆえに小動物を殺しては食欲と性欲を満たしていた彼だったが、やがて我慢の限界が訪れた。

彼は人を殺すことにした。それは成功し、誰にもバレなかった。彼は人当たりが良く、美形だった。街で女に声をかければすぐに近くの廃墟へ連れ込めた。そして欲を満たした。

ある日のこと、いつも通りにコトを終えると界獣が出現した。ここで死ぬ。そう思った。が、その近辺を管轄する魔女が彼を助けた。同じ人間とは思えないほど強く、可憐な少女だった。

それ以来、彼の趣向は変わった。

——この圧倒的な存在である魔女を、この儚くも弱い少女を……殺したい。

彼は親に感謝した。軍属に生まれたことを感謝した。

コネと才能を活かして、彼は陸軍の研究部へ入隊する。人類救済という大義を掲げ、持ち前の行動力と頭の良さを発揮し、いくつもの研究成果を上げる。その裏で、魔法兵器である少女を何人も殺しながら。

自分は、他人を傷つけるために生まれたのだと思った。そうとしか思えなかった。そういう意味では、その精神は界獣と似ていた。そして、別にそれでもいいと思っていた。

——俺が楽しめれば、他のことなんかどうでもいい。

だから、たとえ家族とはいえ、他人である妹のために命を賭けて国家に歯向かうあの男が、彼にとっては不気味で、不愉快で、邪悪な存在だった。

——妹が幸せならば、他のことなんかどうでもいい。

いつか様子を探りに行った病院のベッドで、そんなふざけたことを平然と言ったあの男が、その心が、吐き気がするほど醜悪に思えた。

Though I am a terminal witch, is it strange that I am in love twice with brother?

第三章　逃亡の魔女

――すごく、安心する。

廃墟ビルの一室で、七星紅葉は途方もない安らぎに包まれていた。

昴に抱き締められているのだ。

その紅葉が、身体の中から溢れてくるような愛おしさと嬉しさに衝き動かされ、彼の背中に手を回そうとしたそのとき、

「――七星くん、ただいまぁ！」

底抜けに明るいハイテンションな声がして、光の速さでその手を引っ込めた。

昴が入り口へ顔を向ける。

「なんだ、鈴鹿さんか……」

ホッとしたように言って、紅葉から身体を離す昴。

遠のいていく体温。去っていく匂い。

命綱をいきなり投げ捨てられたような不安と、『自分以外』にそんな安心したような声を出

した昴に対し、紅葉の中に今度は苛立ちとも怒りともつかない強烈な負の感情がどろんどろんと巻き起こった。とりあえず口にしてみる。

「…………………………ばかしね」

「へ？　紅葉、なにか言った？」

慌てて昴が振り向くがもう遅いもんね。

つーんとした顔で答えてやる。ちょー上から目線で言ってやるのだ。

「――何でもない。それより、説明しなさい。私は自分が『魔女』であること以外、なにも覚えていないの。あなた、私を守ると言ったわよね？」

「え、は、い、言ったけど……？」

「どうやって？　百歩譲ってあなたが私の兄だということは信じましょう。それでどうやっ」

紅葉が自分でも引くくらい偉そうに言っている最中に、昴は嬉しそうに頷いた。

「ありがとう。信じてくれて」

どきっとした。

その顔に、思わず見とれて黙ってしまう。

………好き。

はっ。

「やっ、違くて。違うの。別にそういうんじゃない。私はそこまでチョロくない」

「何の話？」

「だから、違うの。いくら私の魔力があなたを好いていても、それは私の意志じゃない」

「空いていても？　まだ魔力が空っぽなのか？」

「ばか、うっさい、ばか。いいから、どうやって私を助けてくれるのか説明しなさい」

「わかった」

言って、昴が頷く。

「でもその前に、」

「こんにちは、紅葉ちゃん。いや本当に――」

鈴鹿と呼ばれた少女が後を引き継ぐ。

彼女は紅葉を見て、感嘆の息を吐いた。

「おっぱいすごいね」

そこでようやく、紅葉は自分の上半身が裸であることに気づいたのであった。

「ばかっ、えっちっ、ばかっ、へんたいっ、さいていっ、もえつきろっ、ばかっ！」

上着を着直した紅葉が、毛布でばっさんばっさん叩いてくるのを、昴は正座しながら粛々と顔面で受け止めていた。たまに絶妙な角度でイイのが入ってくるが我慢だ。眠っている女の子の裸を見た挙句に胸を揉んだのだから、これくらいのお仕置きは甘んじて受けよう。

それを提案したのは、自分ではないけれど。

食品を調達してきてくれた凛花を見て、昴はそう思った。

──『協力者』というのは、鈴鹿凛花のことである。

シェルターから逃げ出したすぐ後、裏路地からちょうど凛花が顔を覗かせて「ちょい、ちょい」と手招きしてきたのだ。一瞬だけ迷ってすぐにそちらへ向かうと、この『秘密基地』に連れてきてくれた。家がこの近くだからか地理に明るい。

紅葉の服を脱がせて毛布をかけたのも、昴の魔力を与えて紅葉の魔力切れを解消してみてはどうか、と提案したのも凛花であった。さすが兵器マニアだけあって──魔女をそう認識するのは昴には辛いけど──魔女に関しても人一倍詳しい。

ただ、さすがに『禁断症状』のことまでは知らないようだった。本来、『魔属』と一部の軍人しか知り得ない情報だから当然だ。ゆえに魔力供給の場面を見られないよう、おつかいを頼んで二人きりにしてもらっていたのだ。

などと思い返している間にも、昴の頬には紅葉の振るう毛布がびったんびったんヒットしている。ちょっと痛いが、苦痛ではない。愛する妹が元気なのは嬉しい。ただ、記憶喪失のせいなのか、はたまたそういう育ち方をしたのかどうかは知らないが、昔の紅葉よりちょっとだけツンツンしている気がする。

ツン紅葉だ。

それはそれで可愛(かわい)い。

「な、なにニヤニヤしてんのっ⁉　ぶたれてるのにっ！　へんたいっ！　へんたいっ！」

心と頬にクリーンヒット。

一方その隣では、共犯の凜花が興味深そうに紅葉をガン見していた。呟(つぶや)く。

「身長139センチでバストが110センチあるだと……？　正気か……？」

昴を叩いていた紅葉がその毛布で胸を隠して顔を真っ赤にした。

「なななななんでそんな正確に⁉」

「なのにウエストは58……？　全然太ってない……。これが魔女……。恐ろしい子……！」

「だからなんでわかるの⁉」

淡々(たんたん)とスリーサイズを口にする凜花に、紅葉が悲鳴みたいな声を上げた。凜花が誇らしげに、

「私、ひとのスペック図(み)るの得意なの！」

「スペックって……」

「ちなみに最後の数字は88だよ七星くん。いやぁ、とんでもない妹さんですな☆」

むっひっひ、とエロオヤジみたいに笑う凜花へ、昴は正座したまま答える。ここからは真面(まじ)目(め)にいく。

「ありがとう。でも俺が聞きたいのはそっちじゃない、鈴鹿さん。――いや、」

ゆっくりと立ち上がった。

「警察庁・警備局・公安課『魔女・界獣(かいじゅう)調査班』——佐倉彩奈(さくらあやな)」

つまり。

「君は、公安の刑事だったんだな」

エロオヤジのような笑いはどこへやら。

「——さっすが七星くん、やるねぇ」

ぎょろり、と。

昴の詰めに、蛇(へび)みたいな顔で凜花はニヤリとする。

「いくらなんでも、ご近所さんは出来過ぎだったかな？　ふふ」

「……いや、それじゃない。というか、君じゃない。きっかけは建物を監視してる連中だよ。明らかに素人(しろうと)でも軍人でも警察官でもない。考えられるのは公安しかいない」

「そっちかー。あ、盗聴はさせてないから安心してね」

知っている。そうじゃなきゃ魔力供給なんてしない。紅葉の嬌声(きょうせい)が聞こえてしまう。

紅葉の前に庇(かば)うように立って、昴は尋(たず)ねた。

「目的はなんですか？」

「わかりきっているでしょ？」

昴と刑事の会話に、背後の紅葉が後ずさりした。妹はこの女性を警戒(けいかい)している。

「佐倉彩奈って……『公安の人間戦闘兵器』……!?——

「アハーハー。私ってば公安なのに有名人。ま、そういう役割なんだけどねぇ」

刑事を見据えたまま、昴が尋ねた。

「紅葉、この人の噂、覚えているのか？」

「あの、そういうことは、忘れてないわ。戦闘に関することとか……」

「なるほどね……」

紅葉はこの公安の刑事が、昴を撃退し、脱走した魔女を捕らえ、陸軍に引き渡すつもりだと考えているのだろう。一触即発だと、そう思っているのかもしれない。

だが。

昴は言う。

「あなたたち公安『魔女』課は、陸軍のアラ探しをしている。だから俺たちを助けた。むしろ目的は『紅葉の保護』――ですね？」

「…………え？」

後ろの紅葉が意外そうな声を出した。

肩をすくめて、刑事が苦笑混じりに答える。

「アラ探しって言い方は良くないなぁ、七星くん。陸軍が悪いことやってないかチェックしているのさ、私たちは」

ま、ほとんどは『研究部』が相手だけどね。と付け加える。

「『人類最強』とまで呼ばれた『魔属』の兵士が、ある任務を境に突然除隊した。それを調べていたのさ。ふふん、大当たりだったね？」

得意そうに笑う。さっきまで同い年の高校生にしか見えなかったのに、今は何十歳も年上の人間に見える。顔の角度やしぐさで見た目の印象を変える諜報技術があるが、それの究極とも呼べるシロモノだった。道具なしで変装ができるようなものだ。

さすがは、魔女専門の公安刑事というところか。テクニックだけで、魔法のように騙される。

刑事は続けた。

「『研究部』の藤原正宗が人体実験をしていたのは知っていた。だが証拠がなくてね。棚上げになっていたが——まさかまさか、七星くんの妹さんが来てくれるとはね、ありがたい」

「紅葉を証人として保護してください」

「もちろんそのつもりさ。——陸軍が人体実験を行っていることを公表し、警察に保護してもらう。しかるのち、紅葉ちゃんに移植された水晶を外す。七星くんのプランはこんなところだろ。妥当だと思うよ。ウチを利用するってのも良い判断だ」

ただ、と刑事が片目をつぶる。

「一つ問題がある」

「問題？」

「紅葉ちゃんの水晶。それを外す術が、こちらにはないんだ」

「外科手術で取り出せないんですか？」

しかし刑事は首を振る。

「リスクが大きすぎる。よく考えてご覧よ。その水晶は『研究部』が埋め込んだものなんだぜ？　下手に外そうとすれば命に関わる危険性だってある。知ってるだろ？　あの『研究部』だぜ？」

なるほど。刑事の言わんとしていることは理解できた。

水晶武装はほとんどが『研究部』によって作られたものだ。ヴァントを貫けるような兵器を製造できる奴らが埋め込んだ水晶。どんな仕掛けが施されているかわかったものではない。それはそれとして、紅葉の胸にこんなものを埋め込んだ奴らは全員殺すけども。

その怒りを表には出さずに、

「だからと言って、このままにしておくわけにはいきません」

「そうとも。ゆえに君たちは『箱根』へ行くといい」

「箱根……『遺跡』に？　どうして」

「『研究部』の連中が最近まで頻繁に出入りしていたんだよ。あそこの『遺跡水晶』には何かある。紅葉ちゃんの水晶を取り外し、そして記憶を取り戻すヒントも得られるはずさ」

佇む紅葉の胸を指差して、女子高校生に扮した刑事は、ニヤリと笑った。

警察に保護してもらって終わり、というわけにはいかなそうだった。

☆☆☆☆☆☆

「私のことは彩奈って呼んでくれていいからねー」

走るバンのなかで彩奈はそう言う。助手席から振り返るその顔は、いつも教室で見る女子高校生のそれとは完全に別人だった。年齢はおそらく二十三か、四。

「いやぁ、七星くんと一緒に遺跡見学へ行けるなんて楽しみだねぇ」

楽しそうな声で彩奈が笑う。昼休みに学校で「遺跡に行きたい」と話していたのは本当だったのかもしれない。

彼女の言うとおり、昴たちは現在、彩奈率いる公安魔女課の用意したバンで箱根遺跡へ向かっている。そこに祀られている——というか置かれている『遺跡水晶』を紅葉が触れば、記憶が戻るかもしれない、という。

「記憶が戻れば、紅葉ちゃんの胸にある水晶の正体もわかるかもしれない。正体さえわかれば、外し方も見当がつくだろう」

車は廃棄された高速道路を走っていた。窓の外を廃墟の群れが流れていく。界獣によって破壊された街並みだ。運転席では彩奈の部下らしいスーツ姿の刑事が無言でハンドルを握っている。かなり大きなバンだ。運転席と助手席にひとりずつ、その後ろに昴と紅葉が並び、さらに

その後ろ、広めの荷台スペースには見覚えのある大型バイクが積んである。

「これ、俺のバイクですよね。持ってきたんですか」

「そだよー。必要だと思ったからね。はいこれ」

と、彩奈に何かを手渡された。鍵だ。

「何の鍵です？」

「バイクのサイドケース」

後ろを向く。後輪の横に謎の黒いケースが付いていた。もちろん昴のものではない。彩奈の仕業だろう。

「はぁ、中身は」

「秘密兵器」

ニヤリと笑う彩奈が怪しすぎる。

「お返しします」

「冗談だよ。食料とか弾薬とか、君に必要なものさ」

何だろう。鍵を制服の胸ポケットに入れると、彩奈が続けた。

「特殊部隊のお下がりだけど、ウチで使ってるやつだから、通信機の心配はいらないよ」

「いやそんな心配は――」

してませんよ。と昴が言ったのと、運転手の頭が高速で飛来した弾丸によって貫かれたのは、同時だった。

七星紅葉は、目の前で運転手の頭が破裂するのを見た。

「!?」

彩奈が横からハンドルを握った時には、第二射、三射目がフロントガラスを粉砕して、そこで止まっている。紅い壁に阻まれていた。ヴァントが自動的に展開されているのをようやく悟った。

「防弾なんだよ！」

叫びながら、彩奈がクルマを右へ左へ曲げていく。車窓を流れる景色が真っ黒な山ばかりになっていた。廃棄されているためか道路照明は点いていない。ヘッドライトだけが頼りだがたったいま撃たれて消えた。んなもんいるかと部下だった死体の足を蹴飛ばしてアクセルをがんがん踏み込んでいく彩奈。初弾は運転席の真後ろにいた紅葉の眼前で止まりそのあと意識的にヴァントを広げた彼女のおかげでクルマ全体は敵の狙撃から守られている。だが、

「――あ、あの、おにいさ、あの、あの！」

狼狽した紅葉が昴の手を握る。その顔は正面を一点に見つめながら微動だにしない。切羽詰まって混乱していた。魔力が少ない上に慣れないヴァントの広範囲展開。自分の残存魔力がどんどん減っていく。焦る。だがそれよりも、この手の震えが、心臓の早鐘が、止められない。

――怖い！　怖い！　怖い！　怖い！　怖い！　怖い！　怖い！

敵はよほど上手く展開しているのか姿も見えない。こちらもかなり走っているはずなのに弾丸の雨は止まない。紅葉のヴァントが端から削られていく。そのことにまた焦燥感と恐怖心が増大する。紅葉はすでに実感している。理解している。把握している。予感している。

――私が破られたら、みんな死ぬ。

その事実に押しつぶされて涙がどんどん溢れ出し、歯ががちがちと勝手に鳴り出す。兄と自称する人に握ってもらった手はますます震えを増していって、体全体がばかみたいに跳ね上がって、恐ろしくて恐ろしくて笑ってしまい、いっそもう魔法を解いてしまおうか、と考えて、

「――大丈夫だ」

七星昴に抱きしめられた。

たったそれだけで、なにもかも上手くいくと確信が持てた。不安がすべて消え去った。

――こんなのは、ずるい。

震えはちっとも収まらないのに、涙はぜんぜん止まらないのに、怖く、ない。

「紅葉」

昴が囁く。忘れてしまったその名前を。

「俺を使え」

魔力が戻っていく――増えていく。ヴァントが強度を取り戻し、より効率的に展開され始め

た。悟る。繋いだ手から昴の魔力が流れてくる。紅葉が展開し、昴が補うことで、理想的な魔力配分で魔法を使えるようになっていた。

やっぱり、そうなんだ。

彼の魔力で満たされていく。その過程で思い知る。信じてはいけない、警戒しなければならない、隙を見つけて逃げなければいけない。この人たちの言うことが正しいなんて保証はどこにもない。自分は全てを疑わなくてはならない。

だけど、だけど、だけどどうしようもない。

好きな声、好きな匂い、好きな色——。

ああ、と思う。『七星紅葉』は、本当にこのひとが好きなんだ。

「七星くんっ！」

懸命にクルマを走らせていた彩奈が、もう限界だ、と言わんばかりに振り返った。

「バイクを降ろすんだ！」

即座にシートを倒し、片手で固定具を外す昴。外した手でバイクを押さえ、もう片方の手で紅葉の小さな体を抱き上げて荷台へ移動。運転席から彩奈が叫んだ。

「いいかい!?　箱根遺跡に行くんだ！　そこに紅葉ちゃんの記憶を戻す鍵があるはずだ！　死んでも『遺跡水晶』に触ってこいっ!!」

「あなたはどうする」

つもりですか、とは続けられなかった。

運転席で三つの操作が同時になされた。一つは荷台用のドアを開き、一つはバイク用ハシゴをクルマの外へ流し、最後の一つはアクセル全開だった。

その急加速に置いて行かれた昴と紅葉とバイクは、ラダーレールに乗って後ろ向きで射出された。空中でとっさにバイクに跨った昴は小脇に紅葉を抱えたままバンを目で追う。ハッチバックを全開にして銃弾の雨あられの中を突き進み、やがて飛来した対戦車ロケット弾によって爆発炎上しつつ崖から落下するバンの後ろ姿を昴は見た。彩奈の小さな身体がドアから飛び出したようにも見えたがそれ以上はわからなかった。自分たちもまた、落ちていたからであった。

「うおおおおおっ!?」

宙に舞うバイク。必死で昴にしがみつく紅葉と、ハンドルを握りしめて着地に備える昴。

落下先は幸運にも廃棄された一般道路だ。更に紅葉が無意識でヴァントを羽根のように展開して揚力を得ると、二人を乗せたバイクは滑走路に降り立つ飛行機のように地面へと着地した。

バンを襲った連中は撒いたようだ。彩奈のことは心配だが、いまは彼女の言うとおり遺跡へ向かうべきだろう。

「はあああああああ」

緊張していた紅葉が息を吐いて脱力した。昴もホッとする。ひとまずは安心してい

——るぅおおおおおおおおおおおおおおおおおおん。


二人は、同時に凍(こお)りついた。

紛(まぎ)れもない、それは人類の天敵、『界獣』の咆哮(ほうこう)だった。

☆　☆　☆　☆　☆　☆　☆

その街は、湖を囲むように広がっている。

街の中心に位置するその湖のほとりに、二人の少女がいた。

一人は、紫色の和服に、袴(はかま)を穿(は)き、腰に日本刀を帯びた、武芸者のような少女。

もう一人は、ライダースジャケットに革(かわ)パンで、身長一八〇センチは越える長身の少女。

武芸者が携帯端末から耳を離す。通話を終えたらしい。

「行きますわよ、向日葵(ひまわり)」

ライダースが思い切り伸びをして、答える。

「はいよ、紫(ゆかり)ねーちゃん」

気が進まねーなー、とぼやく妹を睨(にら)んで黙らせ、紫と呼ばれた少女が歩き出す。ライダース

──向日葵もそれに続く。

七星姉妹。

その長女・紫。次女・向日葵。

『両極の極み』と呼ばれる二人の魔女が、兄妹を捕まえるために、出撃した。

☆　☆　☆　☆　☆　☆

昴と紅葉は、温泉街として栄えている街に入っていた。

市街地のただ中に、界獣がいる。分類は3。

体長による各国共通の区分がある。現在、五段階。ディヴィジョン1～5。5が最も大きくて、1が最小サイズ。記録では最大が八四メートル、最小が二メートル。十数年前までディヴィジョンは3で済んでいたが、最近はどんどん増加している。これ以上ディヴィジョンが上がらないことを誰もが願っている。

昴たちの向かう先にいる敵は全長五〇メートルほど。四つ足で、黒い毛むくじゃらな獣。狼を巨大化したような姿だがもちろん別物だ。頭が三つあり、尻尾は二股。そして、

──るぅおおおおおおおおおおおおおおおおおおおおおおん。

けたたましい雄叫びを上げて、界獣──『黒狼』の周囲が、ごぉ、と震えた。黒く巨大な

物が融解、あっという間に辺り一面が火の海になる。断界魔砲が三つの口にそれぞれ生まれたかと思えば、それの発した幾つもの光熱線によって建

街が焼かれていく。

かと思えば、無数の小さな——それでも人間大サイズの——カノーネが現れた。それらは光線を発するのではなく、水晶の先端が槍のように伸びていく。そして、近くにいる人々を、逃げ惑う人々を、焼き出された人々を、瓦礫の下敷きになった人々を次々と貫きはじめた。どくん、と脈打つ水晶の槍。不可思議な現象が起きる。刺された人間がミイラのようにしぼんでいき、やがて皮までもが消え去った。衣服だけが残っている。水晶によって吸われたのだ。槍から分泌された液体によって肉を骨を脳を内臓をすべてドロドロに溶かされ、魔力に変換されて吸収されたのである。

捕食。これが界獣の食餌。喰われたものは何も残らない。

住人のどれくらいが地下シェルターへ避難できただろうか。昴たちの進行方向からたくさんの人間が逃げてくる。慌てふためく大人たち。親とはぐれた子供たち。平和ボケした呑気な者は一人もいない。皆が事態の重大さを知っている。ここにいると喰われる。そうでなくても火災やビルの崩壊に巻き込まれて死ぬ。

昴は考えていた。

追手の気配がある。どこからか見られている感触がある。先の、バンを襲撃してきた連中は

諦めたわけではないようだ。彼らの視点に立って考える。自分が相手だったら、どうするか。

——界獣の出現と混乱に紛れて、紅葉を殺す。

ゾッとした。しかし、やりかねない——否、当然その方法を取ってくるだろう。

「紅葉」妹に言う。「逃げよう」

彼女は緊張の面持ちで避難する人々と界獣を見ていた。その瞳は怯えていた。界獣の脅威は覚えているらしい。その紅葉が昴の提案を聞いて、信じられない、という顔をする。

「アレを放っておくつもり……？」

「俺たちにどうこうできる相手じゃない。それに今この時も、君は研究部に狙われている」

「私がいるから、アレと戦わないの⁉」

「俺が戦って勝てるわけがないだろう！」

でも、と紅葉が言った。

「私なら、やれるかもしれない」

震えながら、泣きそうになりながら、妹が告げる。

「だって私は——『そういうもの』だから」

魔女だから。兵器だから。

昴は空を仰いだ。

覚えていた、この子は。

魔女の矜持を。魔属の誇りを。

力を持たぬ民草のために戦うという、兵器の存在理由を。

「死ぬかもしれないんだぞ。界獣に喰われるだけじゃない。守っているはずの人間に殺されるかもしれないんだ。後ろから、撃たれて」

「死なない」

震えながら、泣きそうになりながら、妹が微笑む。

「お兄さんが、守ってくれるから」

息を呑んだ。

「お前――ズルいぞ、このワガママめ」

参った。ダメだ。記憶があろうがなかろうが、この子には敵わない。

そんなこと言われて、断れる男がいるか。

ため息ひとつ。

「いいか、この辺りを管轄している魔女がいるはずだ。それが来るまで注意を引きつけるだけだからな。倒そうとはするなよ」

「わかったわ!」

紅葉が頷く。真剣そうな顔を取り繕っているが、嬉しさが滲み出ている。

「これを」

サイドケースに入っていた装備の一つ、イヤホン型の通信機を、紅葉へ渡す。

受け取りながら、躊躇うように彼女が聞いた。

「あの……」

「なに？」

「信じて、いいのよね。あなたを」

——今さらかよ。

苦笑する。

でもまぁ、仕方ないか。今の彼女とは、出会ってまだ数時間だからな。

「当たり前だろ」

何度でも言う。必要だったら、何度でも繰り返して伝える。

「俺は、君の兄貴だ」

そうして、紅葉の頭に手を置いた。


温泉宿やホテル、マンションの前を、昴と紅葉を乗せたバイクが走っている。

界獣との距離が狭まり、その大きさに圧倒されつつも更に接近していくと、黒狼の周り、頭部の辺りにいくつかの爆発が起きた。地対地ミサイルと戦車砲撃だった。ここら一帯を界獣から守るために配備されている部隊だろう。

何十発もの砲弾とミサイルが直撃する。激しい音と爆風が、接近していた昴たちにまで届く。

だが、三つ首の界獣(ディヴィジョン3)には全く通じていない。着弾した部分に黒い壁が見えた。魔泡盾(ヴァント)だ。現状、魔女以外であのサイズのヴァントを破るには、半径一キロ――街を丸ごと巻き添えにするつもりで爆弾を落とすくらいしか方法がない。

とはいえ、まったく効果がないわけでもない。基本的に界獣は人間を喰うために行動するが、邪魔者が入ればそれを排除しようとする。山の向こう側に展開し、界獣から死角を取るように配備されているロケット自走砲と主力戦車の群れを破壊するためには、界獣はこの場所を離れなければならない。街から離すための誘導である。倒すためではなく、誘(おび)き出すための攻撃だ。

しかし。

――るぅおおおおおおおおおおおおおおおおおおおおん。

三つ首の断界魔砲(カノーネ)が光を放つ。三つのビームは収束し、一条の超高熱線となって山の中腹を直撃した。斜面を融解させ、瞬(またた)く間に風穴(かざあな)を開けていく。界獣のカノーネ熱線が山を貫き、その向こうで砲撃を行っていた14式戦車を跡形(あとかた)もなく融解させた。その隣、更にその隣と、次々と山に穴が空(あ)き、それを盾(たて)にしていた機甲(きこう)部隊が消滅させられていく。

――やはり通常兵器では、埒(らち)が明かないな……。

バイクを降り、クライミングの要領で一気に五階建てマンションの屋上までよじ登った昴。物陰(ものかげ)に隠れ、小脇に抱えた紅葉を降ろし、彼女に確認する。ほんの少しだけ優しい声で。

「魔力は大丈夫？」

その声の変化を敏感に感じ取った紅葉は、少しホッとした。さっきの昴はほんのちょっとだけ恐かった。

「ええ、大丈夫」

「あいつを山向こうに誘き出すのが俺たちの仕事。決して深追いはしない。守れるね？」

「守るわ」

「なら良し。……大丈夫。いざとなったら俺が守る」

紅葉が振り返ると、すぐそこに、獣の後ろ足があった。盛り上がった筋肉が見えるが、あれは見せかけだ。界獣は総じて動きが鈍(にぶ)い。そこが人間にとって突破口の一つ。

右手に水晶ナイフを持って立ち上がった昴に、ひょい、と小脇に抱えられる。

かなり気恥(きは)ずかしいが、今さら反対はできない。これが最も安全性が高いと先ほど昴から説明を受けている。気を取り直して、引き締めた。

昴が叫ぶ。

「行くぞ！」

「はい！」

二人を包むように紅い球体が発生する。昴が屋上のへりを蹴って、二人は夜の上空へ跳躍した。地上百メートルまで一気に上昇して界獣の上を取る。

パラシュートのようにヴァントを制御(せいぎょ)して落下速度にブレーキをかけ、その場で静止。浮遊状態となった。

下には、界獣。

魔力発現によって紅葉の髪が紅く染まる。小脇に抱えられたまま、両手を突き出し、敵の胴体に狙いをつけた。界獣には『核(コア)』となる水晶がある。そこを狙う。集中。イメージ。あの分厚いヴァントを撃ち抜き、貫けるくらいの、大きな、大きな、大きな、

――これだ。

瞬間、紅葉の瞳までもが紅く染まる。

紅葉の前に現れたのは砲身三〇〇センチの巨大な水晶の砲身――『断界魔砲(カノーネ)』。紅い魔力光が先端に集中し、

「――貫け」

水晶から放たれた光弾は音よりも速く界獣の胴体を穿(うが)った。

――ごおああああああああっ！

と、刹那(せつな)遅れて閃光(せんこう)と爆音が辺りを支配する。

「…………………っ！」

すごい。

界獣が受けていた戦車砲以上の威力に、撃った紅葉自身が恐ろしさを感じる。ヴァントは貫いた。やはり魔女の攻撃は、界獣のヴァントを撃ち抜きやすい。核を仕留めてさえいれば、

ひゅん、がりりりり。

風切り音と、紅葉を抱える昴の右手が閃いたのは同時だった。爆煙の向こうから水晶の槍が紅葉を目がけて突き放たれ、それを昴がナイフで弾いていた。そう認識した時にはすでに、視界が激しく揺れ動き後方に流れている。昴に抱えられたまま移動していた。退避行動であった。

――外したのか。

自身に迫り来る槍を、昴が次々と右手のナイフで切り払っては逃げていく。気がつかなかった。防御のヴァントがいとも簡単に破られている。先の砲撃で自分の魔力が枯渇しかけているのだということを紅葉はようやく悟った。眠い。まずい。意識が落ちる。魔力切れによる虚脱状態。こんなときに意識を失ったら。「紅葉！」呼ばれる。ごめんなさい、お兄さん。私、外してしまった――。

街中を『飛行』して逃げる昴は、妹の砲撃が当たっていようがいまいが、彼女が撃った次の瞬間には退避行動に移るつもりでいた。

紅葉と行動を共にする際、魔力配分を効率良く行うためだけならば、手を繋いでいるだけでもいい。だがもちろんそれでは戦闘行為に支障をきたす。そして、背負うのではなく小脇に抱

えるのには理由がある。

一つ、紅葉は両手を、昴は右手を使える。

一つ、背中には『飛行用のバックパック・ノズル』がある。

昴は真っ黒いラバースーツのようなものに身を包んでいた。『断界礼服(Dスーツ)』である。

攻撃前に、彩奈から渡されたサイドケースに入っていたのを急いで着用していたのだ。

砲撃の直後、昴の装備したDスーツの背面に黒い四つの水晶が生まれた。カノーネのように六角錐(ろっかくすい)だったそれらは、かぱり、と開いて光の粒子(りゅうし)を噴射。昴の身体を押し出し、飛翔(ひしょう)させる。ノズルであった。ジェット機の後部にあるような推進器、アレを発掘技術で水晶に応用し、小型のバックパックエンジンにしたのである。

燃料は酸素と魔力。燃費が悪すぎるので滅多(めった)なことでは使えない。また、一回の持続時間は五秒のみ。その後、一秒間の排熱時間を経て、また五秒、飛ぶことができる。無視して飛び続けると水晶が吹っ飛んでスーツ装着者ごと星になる。

それと右手のナイフ、ワイヤーアンカーを組み合わせて、昴は必死に逃げていた。

手負いの獣は殺気立っている。核の三分の一を削られた界獣が、怒りの咆哮を上げて紅葉を狙っていた。本体から伸びた水晶の槍が、逃げ遅れた人間を探して喰らうのも忘れ、未(いま)だ沈黙していない機甲部隊を殲滅(せんめつ)するのも忘れ、ただただひたすらに妹を追い回していた。昴の左腕では紅葉が眠っている。気を引きつけろとは言ったがやり過ぎだ。一発で魔力を全部使い果たしてどうする。これが終わったらお説教タイムだ。それから、たくさん褒めてやる。お前のおかげでこれ以上、街の人々が喰われる心配はなさそうだ。

後は、昴の仕事だった。

ビルとマンションとホテルの間を高速で飛び、障害物があれば近くにワイヤーを引っ掛けて遠心力で強引に曲がり、飛来してくる水晶の槍と断界魔砲の超高熱線をかわして、かわして、かわしまくる。視界がチカチカする。界獣の魔力の流れ、カノーネの射線を読んでいるおかげで直撃は避けているが、集中力を極端に要する。魔力の使用とはまた違った消耗が昴を苛む。あと少し、あと少しで、と昴は自分に言い聞かせる。あと少しで敵の射程外に出るはずだ。

――と、右手に違和感。瞬時に悟る。ワイヤーが何かを巻きつけた。水晶の槍だった。身体が傾く。姿勢が崩れる。飛行制御ができなくなる。ワイヤーを切り離す。飛行バックパックノズルを噴射して――排熱時間に入ってしまった。一秒。空中で身動きが取れない。一秒。複数の槍が迫る。一秒。カノーネの射線に入る。一秒が――遠い。

――俺に、俺に魔法が使えたら！

紅葉を抱きかかえるヒマもなく、その瞬間は訪れた。

目前まで迫った水晶の槍が音もなく切り払われるのと、黄金の光条が界獣の三つ首全てを焼き払うのは、同時だった。

☆　☆　☆　☆　☆　☆

何が起こったか理解できないまま、昴は永遠にも思えた一秒を生き残った。

ノズルを制御し、たまらず地面に着地する。魔力残存量1％。視界が暗くなってきた。意識がシャットダウンしかけている。これはまずい。紅葉を抱えたまま膝をつき、消耗を抑えようと試(こころ)みる。魔力の源(みなもと)は精神力。休めば少しは回復する。

周りを見ると、街からずいぶんと離れた山の麓(ふもと)にいた。すぐ目の前には演習場というよりも、ところどころクレーターのように大穴の空いた、だだっ広い荒野が広がっている。大規模大量破壊兵器の実験場を連想した。

――さっきのは、いったいなんだ。

助かった、助けられたようにも思える。街の方を見ると、界獣の姿が消えていた。奴らは核となる水晶を破壊されると、粒子となって霧散(むさん)するのだ。恐らく、あの黄金の光で倒されたのだろう。今はもう跡形もない。

黄金の光線――極大断界魔砲(ゾンネ・ヴァルカノーネ)。

『山ですら瞬時に溶かす』と言われているそれは、すでにカノーネの規模を超えていて、ヴァルカノーネとも呼ばれている。あの子の得意技(わざ)で――。

そして、水晶の槍を切り裂いたあの技。あれも、昴のよく知る魔女のものだった。

一つ年下の長女と、二つ年下の次女。

二人の妹の顔が脳裏(のうり)に浮かび、

「――久しぶりだな」

それと同時に、昴の前、山の斜面に二人の魔女が降り立った。無言でこちらを見下ろしてくる。

紫色の和服に袴を穿いて、日本刀。

長身のライダースジャケットに革パン。

そしてなぜか、二人とも狐面(きつねめん)で顔を隠していた。

昴は言う。恐るべき殺意を感じながら。

「紫、向日葵。お前たちか……」

名前を呼ばれた二人の妹は、何も答えることはなかった。ただ斜面から昴を見下ろしている。

一歩も動かない。

昴も同じく、動かない――否、動けない。

「二人とも久しぶりじゃないか。なんだ、お面なんかつけて。兄貴に顔を見せてくれよ」

白々しい台詞(せりふ)がどんどん口から出てくる。そのくせ緊張で表情がぴくりとも動かせない。

この殺気。威圧感。一〇メートルは離れているというのに、首に刃物を当てられたような——一〇メートル？　それって、もう、

紫の姿がブレたように見えた——脳がそう認識する前に、昴の身体は反応していた。

「——さすが、ですわね」

きぃん、と金属のぶつかり合う音が響いていた。右腕にはわずかな痺れ。『同じ場所から全く動いていない』紫の声。

今のは——！

紫がわずかに腰を落としたのと、昴が無意識にナイフを掲げたのは同じタイミングだった。気づいた時には確かに受け止めたはずの刀はすでになく、やはり一〇メートル離れた紫がなめらかな動きで『刀を鞘に納めている』ところだった。確かに紫は攻撃を仕掛けてきた。だがその動作が速すぎて『終わり』しか見えなかったのだ。

いやしかし、それよりも、この距離はなんだ？　縮地法？　一歩で間合いを詰めるという、あの瞬間移動のような移動法？　確かに紫ならば可能だろう。だが今のは違う。もっと単純で魔女らしい方法。長女は確かに一歩も動かず、あの場所から刀を届かせた。

伸ばしたのだ。

あの日本刀、素材は鋼鉄でも玉鋼でもない。水晶である。ただし、昴の持つナイフのような、遺跡から発掘したものとも違う。

断界魔砲だった。

最長『一五メートル』まで一瞬で伸長し、この世に斬れぬものはない、と言われるほどの切れ味を持つ日本刀型カノーネ『紫陽花』。

七星姉妹が長女、七星紫。

「幼少時、ともに『七星剣武』を修めたお兄様……。あの頃は勝てませんでしたが、いまは違いましてよ？」

彼女は、七星家に伝わる古流剣術である『七星剣武』を習得し、断界魔砲を日本刀の形に顕現させ使用する、魔女の剣客であった。魔女の家系、『魔属』である七星家の家督を継ぐものとして、研鑽し身につけた力である。

その力を、剣術を、兄に向かって使ったのである。この妹は。殺すつもりで。

「――どういうつもりだ、紫」

怒りを押し殺した声で、昴が尋ねる。

「任務ですわ」

淡々と、紫は答えた。

「なんだと？」

「軍を脱走した妹を連れ帰る。それに加担した長男も含めて。そうしなければ、七星家の未来はありません」

「お前、紅葉は――！」

叫びかけた昴の頭上に剣閃が走る。縦の斬撃。ぎりぎりで受け止め――切れなかった。額から血が流れ落ちる。薄く斬られたようだ。

「腕一本。それで済ませますわ、お兄様」

聞く耳を持たない長女。その殺意が消失したように昴には感じられた。だがそれこそが合図。魔女の剣客は、己の殺意を消した時にはすでに、相手を殺している。

――来る。

紅葉を背中に隠し、唯一の頼りである母の形見のナイフを構えたとき、

「――逃げろ、みんな！」

それまで後ろで一言も口を利かなかった次女の向日葵が何かに気づいた。わずかに動揺する紫を抱えて即座に撤退する。

『七星くんっ！』

呆気にとられる昴の耳に、受信器から彩奈の声が響く。

『今すぐ離れるんだ！　爆撃が来る！　辺り一面吹き飛ぶぞ！』

聞いて、ようやく身体が動く。紅葉の身体を抱え、街の方角へ飛ぶ。ほんの気休め程度に回復した魔力で、バックパックノズルを噴射しその場から離脱した。

果たしてその数秒後、演習場のド真ん中に飛来する物体があった。遥か上空から戦略爆撃機によって投下されたそれは、地表に落ちることなく中空で弾け、数千度の巨大な火球が激しい光と共に大爆発を起こし、その場にあった物体すべての水分を蒸発させ、融解せしめた。一拍遅れて衝撃波と爆音、吹き飛ばされた様々な破片が猛スピードで飛び散っていく。夜が昼になったような閃光だった。

水爆だった。

それは正式名称を『水晶子爆弾』という。水晶内で高純度の魔力を振動させ、圧縮し、暴走させ、水晶を爆破。すると、砕け散った水晶が魔力に飲み込まれる際に、膨大なエネルギーが放出される。

ディヴィジョン3クラスの界獣、それが展開するヴァントを破るための、銃器以外の水晶武装であった。半径一キロを巻き添えにして。

演習場という名の大規模大量破壊兵器実験場に、またひとつ大きなクレーターが空いた。周囲を山に囲まれているものの、街への被害は甚大だろう。

爆風に煽られた昴は、上も下もわからなくなるほどの乱気流に巻き込まれながら夜空へ吹き飛ばされていた。Dスーツの装甲レベルを最高にして体を丸め、紅葉を必死に抱きかかえ、彼女の魔法で自動展開されたヴァントを調整する。熱によるダメージは避けられたらしいが衝撃波まではかわせなかった。スーツを通して体全体が軋むような圧力に襲われる。しばらくして天井にぶつかった気がしたが、よく考えるまでもなく空に天井はない。地面に落ちたんだな、と気づいた時には、昴の意識もまた、落ちていた。

夢の中で、泣きながら自分を呼ぶ妹の声が聞こえた。年齢不詳の女の冷静な声も。

☆　☆　☆　☆　☆　☆

身なりの良い男がタバコを吸いながら、暗い部屋の中から窓の外を眺めていた。椅子に座ったまま上機嫌に笑う。

「最っ高の花火だぜ！　きょはっはっはっは！」

通信端末に連絡が入る。

「よぉ、どうした？　あ？　ああん？　逃しただと？　四人ともか⁉　マッジかよクソが！……………。オウ、わかった。じゃ～そうだな、アレだ。公安のアイツ追え。佐倉彩奈。あ、手ぇ出すンじゃねぇぞ？　俺が殺るから。じゃ、ヨロシク」

きょは～～～～～～～～と力が抜ける男。ずるずると椅子から落ちていく。

「あ～らら。逃げられちまったか。ま、いいか。頑張んなよ、優しい優しいお兄ちゃん。せいぜい妹に喰われないよう気をつけな」

誰にともなく言って、ドアを開けて外へ出る。通信設備を備えた、大型の装甲指揮車だった。箱根の街が一望できる山の頂上付近から、夜の帳が降りた外界を眺める。煌々と光る明かり。美しい。自分があの街に水爆を落としたのだ。あの光る明かりは——燃え盛る街の炎は、逃げ惑う人々の悲鳴は、なんて、美しいのだろう。

大きく息を吸って、

「ふぅ～～～～～～～～～～～～～～～～～～～～～～」

夜空へ吐いた。

どんなゲスにも、心穏やかな夜はある。

両手を思い切り上に伸ばした。人を殺すことに性的興奮を覚える異常者でも、自分の愉悦のために大規模大量破壊兵器を使用する快楽主義者でも、伸びをすれば背中がばきばきと鳴る。

「よし、寝るか！」

後部荷台の簡易ベッドに潜り込むべく、指揮車へ戻っていった。

消防や救急のサイレンが、男にとってはこの上ない子守唄だった。

第四章　禁断の魔女

七星昴(ななほしすばる)は目を覚ました。

やけにふかふかのベッドから身を起こすと、少しだけ頭痛がした。魔力を使い過ぎた影響だ。頭がぼんやりする。

見覚えのない場所だ。病院ではない。どこか、ホテルのようだった。

Dスーツは着ていなかった。その下のシャツとスラックスも、やはり着ていなかった。下着だけだ。肉体に目立った怪我(けが)はない。

魔力も全快している。普通の魔女ではこうはいかない。魔女ではなく、人間として『魔力貯蔵庫』に改造(つくられ)た昴だからこその回復力だった。

ベッドの時計を見る。早朝の六時。あれから大体、六時間が経過。

頭を振って、状況を整理する。

ここはどこで、誰に連れて来られたのか。夢で彩奈(あやな)の声がしたが、あれは現実のものだったのかもしれない。ならばここは公安が用意したセーフハウスか何かで、紅葉(もみじ)も無事なはず。

だが、言い知れぬ不安が胸に広がる。

無事を確認したい。早く、紅葉に会いたい――。

昴の念が届いたのか、がちゃり、と後ろでドアが開く音がした。

振り返ると紅葉が出てきた。出てきたはいいが硬直している。なぜか。片手にバスタオルを持っている。奥はシャワールームのようだ。そして油断しきっていたのか、身体をタオルで隠すこともなく晒している。

つまり全裸だった。

その顔が驚きと共に紅く染まる。乾かしたばかりの艶やかな黒髪が下ろされ、透き通るような白い肌が水の玉を弾いている。常世すべての母性を詰め込んだかのような二つの膨らみは彼女の頭よりも大きく豊満で、桃色の王台は慎ましく引っ込み、くびれた腰から太ももにかかる艶めかしい曲線は、幼いころに屋敷で眺めた女神の彫像を連想させた。

実際――アンバランスなんだろう。この身長の低さと、胸と腰下のボリュームは。身長に合わせて服を着れば胸と腰が強調されていやらしくなり、身体に合わせて服を着れば太っているように見えてしまう。けれど昴は素直に思った。正直に思った。

――めっちゃきれい。

「いいいいいいいやあああああああああああああああああっ！」

悲鳴が起きた。長い、それは長い悲鳴だった。

部屋の壁にそれが反響して、わーん……わーん……と鳴った。

鳴り止んだところで、「いいいいいいつまで見てるんですか！」と怒鳴られた。しまった見入ってた。緊急回避で首だけ横にする。おっぱいめっちゃでかい。

あれ？　敬語？

「……服をそこに置いたままなんです。ちょっと向こうを向いていてください」

言われた通り横を向くと、ブレザーとブラウスとスカートとニーソックスとパンツと『サッカーボールが入りそうなほど』大きいブラジャーがあった。「服ってこれ？」

「ちょっと向こうを向いていてください！」

「いや、向いたんだけど……」

「もっと向いてください！」

首が。

「もう！」

ばさぁっと布団をかぶせられた。頭いいね。

「まったく……」

ぶつぶつ言いながらその場で着替え始める紅葉。いや、シャワールームで着なよ……。布団から透けて見えるよ……。あ、パンツは右足から穿くんだね。

透けた布団の向こうから、きっ、と紅葉がこっちを睨んだ、ように見えた。

「なんで見てるんですか」

「ごめんなさい」

「！　やっぱり見てたんですか！」

「誘導尋問だと!?」

「へんたいっ！　変態ですよ！　そんな人じゃないって思ってたのに！」

「俺もそう思ってた。けど、君が俺を惑わせてしまった……」

枕で叩かれた。もっと硬いもので叩いてもいいと思う。

「失望しました!!」

絶叫。二度目となる反響に、部屋はあとどれくらい耐えられるだろうかと心配になった。

おとなしく目を閉じておくことにする。これ以上、妹の信頼を裏切ってはいけない。今さら殊勝ぶったところで遅い気もするが。

しゅる、しゅる、と妹の衣擦れの音が響いて、お兄ちゃんはモゾモゾした。

そういえば、

「紅葉、敬語できるようになったんだね」

「……当たり前じゃないですか。馬鹿にしてるんですか。使ってなかっただけです」

「どんな心境の変化が？」

「その……助けてもらいましたし……どこの馬の骨とも知れないひとでしたが、認めてやらん

 こともないと……」

「なにその『一人娘を嫁に出すお父さん』みたいな言い方」

しかしそれなりに認められたらしい。嬉しいね。

やがて着替え終わったのか、紅葉が聞いてくる。

「……コーヒーと紅茶、どちらがいいですか。日本茶もあるみたいですが」

「コーヒーでお願いします」

妹がすたすたと奥へ歩いて行く。

すっかり目が覚めた。頭痛もしない。ベッドで思い切り手足を伸ばし——ていうか、このベッド、やけにデカくない？

起き上がり、室内を見渡す昴。

大きなテレビに小さなテーブル。ロデオ的なエクササイズマシンに、なぜか設置されているスロットマシン。部屋をほぼ占領するくらい大きなベッドに、あれ、なんでプールがあるの……？

ピンク色の自販機に入っているアレはどう見てもバイ……。

ここはホテルだった。

いやらしい感じの。

紅葉が戻ってくる。髪は下ろしたままだった。機嫌も悪いままだった。つーんとしてる。

テーブルにコーヒーを二つ置いた。ベッドの向かいにある椅子に座ると、何も言わずにミルクと砂糖を、それぞれのコーヒーに二つずつ入れる。あれ、と昴は思う。よく自分の好みを知ってるな。

「ありがとう」

「いえ」

「怒ってる？」

「いえ」

「ごめんね」

「いえ」

「許してくれる？」

「いえ」

ダメなんだ……。

「ここがあの女の」

「いえ……あ、ハウスね」

「覚えてるの？」

「あれ？」

不思議がる紅葉。いまだ、このタイミングしかない。

昴は掛け布団から飛び出て、その場でジャンピング土下座（どげざ）。

「ごめんなさいでした！」

紅葉は一度、ごくりと喉を鳴らした後、赤面しながら横を向き、

「もっもっもういいですからわかりましたからその服を早く服を」

「服を着るところを見ちゃってごめんなさい！」

「そうじゃなくて服を着てください」

「……おわっ！」

昴はようやく思い出した。自分がパンツ一丁だったことを。

慌てて布団をかけ直す。服、服が、あれ、ない。

「え、えーと、彩奈さんから伝言です」

頬を赤くしたまま紅葉が、コーヒーを一口すする。「甘い」と呟いた後、続きを話し始めた。

彩奈の声真似で。

「そこなら足はつかないと思うから、昼の間は休んでるといい。スーツと新しい装備はバイクに積んであるよ。予備の端末や弾薬、救急用キットはこのバッグにあるから――以上です」

バッグはこれです、と迷彩柄のいかにも軍用ですといったバックパックを紅葉が指差す。

大体、想像した通りだった。彩奈には本当に世話になっている、と感謝する。

だが、それとこれとは別だ。

「……この部屋について、他に何か言ってなかった？」

「うーん……。あ、普通のホテルと違って、フロントを通らなくていいから、隠れるにはうってつけ、みたいなことを」

「本気かよ……本気で言ってんのかよ……公安って何なんだよ」

「あと、七星くんに頑張れって言っといてって。親指を立てて、こうニヤっと」

彩奈の真似なのか、サムズアップしてニヤっと笑う紅葉。可愛（かわ）い。

素直なのはいいことだとお兄ちゃんは思うよ。思うけどね。ちょっと心配にもなるね。

「それにしても、奇妙な場所ですね。窓も小さいし、防音もしっかりしてる。密談で使われたりするんでしょうか。民間にこんな施設があるなんて、ご時世ってやつですね」

密談というか、密会というか。むしろこんなご時世に何やってんだって気もするが。

「これ、なんですか……？　ひゃあ！」

と、紅葉がこけし型の電子機器を持って、突然ぶるぶる震動を始めたそれに驚いている。お兄ちゃんもびっくりです。

「………………マッサージ器だよ」

「あぁ、なるほど」

自分の肩に当てる妹。

「あっ……はぁああん。これは気持ちいいですね……あんっ……」

その笑顔が辛（つら）い。

マッサージ器の震動に合わせてぶるんぶるん揺れる二つの巨峰からそっと目を逸らした。

それよりも服、服はどこにあるんだ。

「彩奈さんから聞きました」

少しトーンを暗くして紅葉は言う。卑猥な震動装置を置きながら。

「あなたの、七星昴さんのこと」

「俺の？」

「はい。元は、魔女を援護する陸軍特殊部隊の隊員で、優秀な兵士だった」

「優秀じゃなかったよ」

「ですが、二年前の任務がきっかけで、軍を抜けたと」

「……それは合ってる」

「七星家では、魔力を供給する役割を担っていたって」

「そうだね」

「合法的に義妹とえっちなことができるポジションだって」

「その言い方はやめてほしい」

「私にも、供給してくれたんですよね？」

「えっと、うん。君が公民館のシェルターに落ちてきた後に」

「そう、それがその――魔力切れ」

妙にソワソワしながら、紅葉が呟いた。

魔力を使い尽くすと、虚脱状態に陥る。そうなればもう、指一本動かせなくなる。

同時に例の『禁断症状』まで出てしまう。今のところ大丈夫そうに見えるが……。

「それで、あの――ごめんなさい！」

紅葉がいきなり頭を下げた。

「え、なにが」

「守ってくれたのに、生意気なこと言って……。勝手に戦い始めちゃって、結局助けてもらって……いや、そうじゃなくって！」

顔を上げない紅葉。声に涙が混じり始める。

「私、お兄さんをずっと信用してませんでした！　最初に『守る』って言ってくれた時も、本当はすごく嬉しかったのに、でも警戒してました！　あの時もあの時も、私、隙を見て逃げ出そうとしてたんです！」

それを聞いて、昴はホッとした。てっきり紅葉に、「もう構わないでくれ、放っておいてくれ」と言われると思ったからだ。裸も見ちゃったし。

「知ってたよ。信用されてないことも、警戒されてたことも、逃げようとしてたのも」

紅葉が驚いて顔を上げる。

「それなのに……？」

「君は何も覚えてないんだ。警戒するのは当たり前だよ。しかもそんな目に遭わされて」

「…………」

「遺跡へ行けば、きっと何か思い出すよ。確証はないけど、今はそれを目標にしよう」

「お兄さん……」

嬉しそうに頷く紅葉。

「ありがとうございます……はぁ」

「うん。一緒に頑張ろう」

「はい……もう我慢できない」

「……？　何が？」

昴はそこで、あれ、と思う。まだ紅葉の顔が赤い。心なし、目がとろとろしているようにも見える。慣れないお酒を飲んで酔っ払ったみたいな。しかし遅すぎた。久しぶりすぎて、すっかり忘れていた。この『酔っ払ってる』状態が、まさに――『禁断症状』であることを。

「頂く前に、それだけは謝っておこうと思ってたんです」

いただく？

尋ねる暇もあればこそ。向かいの椅子に座っていた紅葉がゆっくりとベッドに上がってきた。そのまま四つん這いで昴のもとへ迫ってくる。

「も、紅葉？」

様子の違う妹に気圧されて、後ろへ下がる昴。しかしそれもヘッドボードで行き止まり。まるで紅葉に押し倒されたかのような体勢になる。上に紅葉の顔がある。はだけた胸元には魔女の紋様が浮かんで――え、はだけてる？　なんで？

「……お兄さんの、ください」

呟く紅葉の吐息が熱い。目が紅くなっている。その瞳に吸い込まれる。

――まさか。

気づいた時には遅かった。だから、遅すぎたんだ。

そう。魔女の禁断症状――『魔力を消費すると性欲が旺盛になる』。

魔力がなくなると『発情』するのだ。

鎮めるには、魔力を与えるしかないのだが――。

「ちょちょちょちょちょっと待った紅葉！　魔力の枯渇状態なんだな!?」

「ええ……そうです……」

言いながら近づいてくる紅葉の顔。あっあっあっ近っ近っ！

「わかっ、わかったから止まれ！　俺の魔力をあげるのはいい！　でも手段があって！」

「お互いの身体に現れた紋様を重ね合わせればいい……それはわかっています……」

「わかってるなら――いや、待って、近い近い！」

「今回はコレでいきましょう。一番効率がいいって、覚えてます」

嫌な予感しかしない。

紅葉が唇に指を当てた。唾液でてらてらと濡れていて実に艶めかしい。

そして、ぺろり、と口内から『それ』を出した。その赤い突起物には確かに紋様が浮かび上がっている。昴が叫んだ。

「し、舌と舌で!?」

マジかよ！

「落ち着け紅葉！　お前、き、き、き、キスしたことないだろ!?　初めてがこんなんでいいのか!?」

「そんなの覚えてません……。でも、これがいいです。お兄さんは初めて？」

「そうだよ悪いか！」

「良かった」

胸がっ胸がっ当たってるっ！

「だから待てっ！　首筋に息を吹きかけるな！　そりゃ、俺とお前は約束した仲だ！　で、でもな、物には順序が……！」

傷ついた表情で紅葉が問う。

「お兄さん、私とするの、嫌ですか？」

「嫌じゃない！　嫌じゃないぞ！　でもな！」

「そこまで言うなら……仕方ありません」

「わ、わかってくれたか」

紅葉が横を向いて、恥（は）ずかしそうに、

「上の口が嫌なら……下の口でも……」

「何言ってんの!?」

ヤバいぞ。昴は思う。そりゃあ粘膜（ねんまく）同士の、それも『生命を生み出す器官』同士の接触が一番効率はいいけれどそういう問題じゃない。自分の妹がエロスの塊（かたまり）になっているお兄ちゃんはそんな娘に育てた覚えはありません！

「女の子がそんなこと言っちゃダメでしょ！」

「だって……お兄さんが意気地（いくじ）なしだから……」

「うっぐぅ！」

言葉に詰まる。仕方ないだろまだ心の準備ができてなくていきなりこんな所に連れて来られて今のお前は記憶がない状態なんだし相手は酔っ払ってるみたいだし前後不覚の状態でそんなことできるわけが――

言い訳が昴の頭をいっぱいにする、その隙を突かれて、

「えい」

紅く小さなカノーネが四つ現れ、ベッドに突き刺さった。変形し、手錠（てじょう）のように昴に絡（から）みつ

く。動きを封じられた。拘束プレイだった。

「えっ！　まだ魔力あるじゃん！」

「これが……最後！」

「最後っ!?」

「最後の力をッ！　振り絞ってッ！」

「こんなところで振り絞るなぁ！」

「えへへ……。これからお兄さんの、たっぷり絞り取ってあげますからね？」

「雑巾を絞るような手つきっ!?」

「じゃあこっち？」

「それは牛のお乳を絞るやつ！」

むー、と怒ったように、紅葉が更に顔を近づけてくる。熱い吐息がかかる。良い匂いがする。胸に温かくて柔らかい感触が……って、いつの間にブラウス脱いでブラ外してんの？　乗っかってるよ!?　胸に胸がっ！　あぁお互いの乳首が隠れて見えなくなってるぅ！

「お兄さん、文句多い。いいからちょっと黙れよ。襲うぞ」

「怖っ！」

「あぁん!?」

「目が！　目が怖い目が据わってる！」

「うるせぇ」

「話し合おう紅葉！」

「黙れっつってんだろ」

「いやぁ、やめてぇ！」

「静かにしないと痛くするぞ」

　昴の頬を両手で挟んで、

「助けて！　いやあああぁぁぁぁぁあ！」

「ちゅ」

　紅葉は昴にキスをした。

　こんな痴女みたいな攻め方をしても、やはり初めては怖かったらしい。始めは唇と唇を軽く触れ合わせ、ちゅっちゅとそれを繰り返すと、次は恐れるように唇を舐められ、意を決したようについに舌を入れてきた。そこで何かが吹っ切れたんだと思う。水を得た魚のように紅葉の舌が飛び跳ねて、上唇を吸われ、下唇を甘噛みされ、舌を何度も何度も絡み合わされ、歯を上から下まで表も裏も隅から隅まで舐め回された。暴虐の限りを尽くす侵略の舌だった。

　けれど、わかった。愛情があった。

　魔力吸引と性的欲求を満たすためだけでなく、好意を持って口づけされている。認めてほしい、受け入れてほしい、愛してほしい。そんな想いが伝わってくる。

だから、昴は何の抵抗もできなかった。振りほどかなくては、という思いはあるにはある。だが、紅葉の舌が動き、固く瞳を閉じて、上ずった声で「あっんっ」と喘ぎながら一生懸命に自分の口内を貪ってくるごとに、その思いは霧散していった。そのうち、このままでもいいかな、という気持ちが勝ってきて、

「――――ぷはぁ」

結局、妹が唇を離すまで、為されるがままだった。

紅葉が、ぐい、とヨダレを拭う。「はぁぁあん……♡」と自らの胸を掻き抱いて恍惚に震えていた。めちゃくちゃエロい。

その一方で、魔力不足による強烈な疲労感が昴の全身を襲う。しばらく何もしたくない。言い訳は止めにしよう。完敗だった。三つ年下の女の子にファーストキスを奪われ、いいように弄ばれる兄の姿がそこにはあった。魔力はまだ残っているが、そんなの関係ない。

「もうお嫁にいけない……」

「何言ってるんですか、お兄さん」

一度顔を離した紅葉が、今度は昴の顔を下から舐めるように見上げる。実際、顎をぺろりと舐められた。ゾクッとする。紅い瞳のまま、妖艶に魔女が笑った。

「私、まだ満足してませんよ?」

「…………は?」

刹那――昴は、魔女について、アホみたいな俗説があることを思い出す。

曰く、『魔女の魔力の大きさは、胸の大きさに比例する』。

自身の胸に乗っけられるサッカーボールみたいな紅葉の巨乳が、ずっしりと重い。

え、あとどれだけ吸われるの……？

「おにいさん…………おにいさぁあん…………！」

昴の身体にぴったり寄り添ってくる紅葉。桃色に染まった二つの乳房が昴にのしかかる。

「はっ、はっ、おにいさん、おにいさんの、もっと……もっと欲しいっ！」

「んむむむむっ!?」

首に両手を回して昴の唇に吸いついてくる紅葉。全体重を乗せてくる勢いだ。

「だめっ、だめっ、もうだめっ、我慢できないっ！」

はーはー言いながら昴の首に貪りつくようにしてキスしまくってくる。これはヤバい。

「はぁあっおにいさんの魔力すき……おいしいっ……においも……すき、すき、だいすきぃ」

「おい、紅葉、落ち着け…………っ！」

「おにいさんの身体……美味しい……ぜんぶ舐めたい……胸もお腹も……ぜんぶ……！」

ロリ爆乳の美少女が全裸で自分の身体を舐めてくる。首筋から鎖骨、胸筋、そして、

「……ちゅう……んちゅぅ……ぺろ……はぁ、おにいさんのちくび……かわいい……」

ぺろり。

「やめっ……」

思わず声を漏らした昴を、嬉しそうに紅葉が上目遣いに見た。

「おにいさん、きもちいい……？　きもちいい……？　私も、とっても、きもちいいの……」

ちゅばちゅば音を立てながら胸を攻めてくる発情巨乳娘の攻めはとどまるところを知らない。脇腹を舐め、腹筋を愛撫し、そしてその視線が更に下にいく。ボクサーパンツ一枚の、昴の下半身へ。

「はぁっ……はぁっ……！」

「ま、まさか、紅葉……？」

まさかこのまま——一線を越える気か？

「はぁっ……はぁっ…………はぁっ!!」

何かを決意した妹の顔。荒い息遣いとともに、紅葉の両手が昴の下半身へゆっくりと伸びていく。ヤバいヤバいヤバいヤバいですよそこはぁ!?

「ちょっ、まっ、紅葉、それはだめっ！」

「いいじゃないですか、もう、いいじゃないですか、お兄さん。だってもう……こんなになってますよ……？」

さわり。

紅葉の手が軽く、本当に優しく、立派になった昴の下半身を撫でた。

「——ふぅっわ!?」

それだけで、腰が浮かんでしまうほど反応してしまう。

「ほぅら、おにいさん、無理しないで、ね？　…………二人で大人になっちゃいましょ？」

「はっ、まっ、まっ」

止めなくては、という理性と、もういいじゃん、という欲望が昴の中でせめぎあう。

相手は記憶をなくしているとはいえ妹だ。でもおっぱいが超でっかくて、街を歩けば誰もが振り返るほどの美少女で、妹といっても義理のそれで、しかも婚約者である。あれ、別にいいんじゃないの。別にしたっていいんじゃないの。どうせ結婚するんだし。

——いや駄目だって！　禁断症状の影響でこうなってるだけだ！　泥酔している女の子を襲うのと同じことなのだ！　こんな状態の紅葉を汚すなんて、絶対に間違ってる！

だったら——

「もっ、紅葉っ！」

ボクサーパンツの縁に指をかけた紅葉へ叫ぶ。

「その前に、する前に、もう一度キスがしたい。お前とキスをさせてくれ！」

きょとん、と首を横にした紅葉が瞳をとろんとろんにさせて口をとがらせた。

「きすぅ？」

「そうだ、キスしたい」

「へー？　ふーん？」

するると紅葉は意地の悪い笑みを浮かべて、

「おにいさんはぁ、そんなに私とキスしたいんですかぁ？」

予想通りの展開に、昴は心のなかでガッツポーズ。

「ああ、うん。したい」

「きこえなーい」

「めっちゃしたい！」

「ぜんぜん、きこえなーい」

「したいしたいキスしたい！　紅葉さんとキスしたいです！」

このアマ覚えておけよ、と思いつつも昴が絶叫。すると妹が、

「えへへ。もう。えへへへへ。もう！　しかたのないひとですねぇ！」

照れたように笑ったあと、とろんと瞳をとろけさせ、

「…………………………………………………………………………だいすき」

ちゅ、と紅葉が唇を重ねた。

……そのころ昴はカノーネの拘束から抜け出すことに成功。背中で固定されていた両腕が自由になる。

――もらった！

昴の動きは俊敏で迷いがなかった。まずは右手を紅葉の背中に回して密着し、同時に左手を後頭部に添えて、とどめに両足で彼女の腰を固めて『絶対にキスから逃がさない』体勢に持っていく。

強制魔力注入、開始。

魔力が減って発情するのだから、魔力を注入してやればいいのだ。

昴は絡ませた舌に、思いっきり自分のそれを注ぎ込む。

「――んむっっ!?」

紅葉が異変に気づくがもう遅い。小さくて細い身体に似つかわしくないほどの爆乳が、むにぃっと昴の身体で潰れているのがわかる。はちきれんばかりのお尻から伸びたむっちりした太ももをじたばたさせて、ベッドをばったんばったん跳ねさせるが絶対に放さない。小さな手が昴の肩を摑んで引き剝がそうとするが死んでも放してやるもんか。

――おにっ、おにいさんっ！

紅葉が瞳で話しかけてくる。魔力で繫がっているおかげで思考が何となく読めてしまう。

――放してっ、もっと！　もっとおにいさんの身体なめたいっ！　放してぇ！

昴も瞳で答える。心を鬼にして、調子に乗った妹をたしなめた。

――ダメだ。

――私のはじめて、あげるからっ！

――……………………っ、だ、ダメだ！

「んむぅうううううううっ!?」

じたばたじたばた。ばったんばったん。ぎしぎしぎしぎし。

――お前が悪い。お仕置きだ。反省しろ。

――はぁっん！

『お仕置き』という単語に紅葉が興奮したとは昴は知る由もない。

紅葉はやがて、力ではかなわない、と悟って手を下ろす。

全てを諦め、昴に身体を委ねる彼女の目からはハイライトが消えていた。

――いいですよ、もう。好きにすれば？　私の身体に貴方のあれをたくさん注ぎ込めばいいんです。私は抵抗しませんから。中にたっぷり、好きに出せばいいじゃないですか。そのかわり早く終わらせてくださいね……………………。

――なんでお前がふてくされるんだよ。

お前のために俺の魔力を分けてるんだよ？　すげぇ疲れるんだよこれ？

やれやれ、と呆れつつも、ようやく主導権を握ったと昴が安心する。が、油断大敵であった。

――なんて言うとでも思いましたか！

紅葉がぎらりと昴を睨みつけた。その時すでに、彼女はこちらの供給以上の魔力を吸い上げ始めている。

「んむぅうううううううっ!?」

「んちゅぅ、ちゅぅ、ちゅぱちゅぱ♡」

――さぁ覚悟してくださいねおにいさん！　このまま吸っちゃいますからねぜんぶ！　おにいさんのが空っぽになるまで吸いつくしちゃいますからね！

――やめ、やっ、いやあああああああっ！

紅葉の紅い紅い瞳のなかにハートマークが見えたような気がしたのは、きっと錯覚ではなかったのだろう。ロリ巨乳の美少女な義妹にベロチューされて全魔力を吸われながら、昴はそんなことをぼんやりと思っていた。

すでに力は入らない。

☆　☆　☆　☆　☆　☆

どれだけ経っただろうか。

魔力がスッカラカンになるまで吸われ、虚脱状態に陥った昴は、指一本動かせなくなっていた。ヘッドボードに体を預け、口は半開きのままだ。体の表面には、先の紅葉よりももっと夥しい『魔女の紋様』が現れている。

一方、魔力を得たはずの紅葉にも紋様は現れていた。裸の上半身に、黒い紋様がびっしりと浮かんでいる。

　魔女の状態を示すこの紋様。

　枯渇状態の紋様は白く、『満杯状態』の紋様は黒いのである。

「ひっく……ひっく……うぇへへ…………」

　酔っ払いみたいにニヤニヤ笑いながらしゃっくりをする紅葉は幸せそうだ。

　みたいに、ではない。完全に泥酔していた。間違いなく吸い過ぎだった。酒の飲み方を知らない大学生ってこんな感じなのかな、と昴はぼんやりと思う。

「あぁぁぁおにいさんのが私の中にいっぱい入ってれぅうひっく！」

「うう……」

「スバル、満タン入りました！　ひっく！」

「ガソリンじゃねぇぞ……」

　ヨダレを垂らしながら、恍惚の笑みで自分の体を抱きしめている紅葉。豊満な胸がさらに強調されて、真っ白な肌に浮かぶ黒い紋様が淫靡で、しかもそこに唾液がダラダラ垂れていき、柔らかな乳房を粘度の高い汁が蹂躙していく。それはそれは艶めかしい光景なのだが、言ってることがメチャクチャだ。

「体の中からおにいさんの匂いがする……うぇ、へへ、うぇへへへへっく！」

　怖っ！

「ろうしたの～おにいさん。ぐったりしちゃってぇ～」

「自分の胸に聞きやがれ……」

「あ！　そうですよぉ！　胸！　魔力いっぱい入りましたよぉおお！　おっぱいがいっぱいですよおおおおお！」

そう叫びながら揉んだ紅葉の胸、その先端から、ぴゅる、と何かが噴き出した。まるでミルクみたいな白いそれは——

「……………魔力が漏れてんじゃねぇかよ」

昴から吸い出し、紅葉の体内で生成された、魔力であった。

「おっぱい出ちゃったぁ。あはははははひっく！」

「母乳じゃねぇ…………。膨大な魔力が暴走しないよう、紋様から分泌された魔力液で……………はぁ…………」

説明するのも億劫だ。

もう寝かせてくれ、と昴が目を閉じたとき、

「そうだ！」

紅葉が閃いた、と手を叩いた。

「おにいさんにばっかり吸わせてもらったから、私のもあげますねぇ」

「なにを——うをっぷ!?」

あろうことか。

魔力の吸い過ぎで酔っ払った紅葉は、昴の顔に自らの胸を押しつけて、口に乳首をふくませた。枯渇状態の昴は、砂漠でオアシスを発見したかのようにその魔力液を吸ってしまう。

直後、

「はぁあああああああああああああああああっ…………………んっ♡」

いまだ発情していた紅葉が、突如訪れた快感に背中を弓なりにして――絶頂に至った。

魔力の供給にも快楽が伴う。今まで吸ってばかりでそれを知らなかった紅葉は、唐突に襲い来る凄まじい悦楽に耐えきれず、一気に天に昇ったのだ。

それでも魔力液はとどまるところを知らない。紅葉の胸から溢れ続ける。

「あっ、あっ、だめっ、いま、吸っちゃ………はぁんっ♡　だめぇ、だめぇっ♡」

「んちゅんぅう」

昴の口のなかいっぱいに広がる濃厚な味わい。舌よりも脳に直接働きかけるような甘美。脳みそにコンデンスミルクを注がれたみたいな甘さ。それでいて全くクドさを感じない。なんだこれ止まらない。旨いっていうか甘いっていうか、体が、心が、魂が求めている。そうかわかった、これが、これこそが神の酒――バッカス！

などと昴が勘違いしている一方で、紅葉は嬌声を上げ続けている。イキ過ぎて戻ってこれなくなっているらしいが知ったこっちゃない。

「はぁんっ♡　また、来る♡　なんか、おっきいなのが、来るぅ♡　………はぁあん♡」

びくんびくん。

夢中で吸い続けたら出なくなった。漏れ出た分はなくなったらしい。いつの間にか紋様が消えていて、絶頂を繰り返した紅葉が、うわ言を漏らしながら痙攣していている。

「はひ……ひゃう……はぁん…………」

よし、と昴は頷いた。右の胸は終わった。

「次は左」

「まっ、まって──ひぃやぁんっ!?」

再び紅葉の喘ぐ声が室内に響き渡る。

魔力の『一方からの供給』だけならともかく、『双方向交換』ともなれば快楽は延々と深みを増していく。ときたま、その味を覚えたばかりの若い魔属が戻ってこれなくなる事案も発生するほどだ。最も、一線を越えなければそこまでの中毒性はないのだが。

「──はぁん、だめぇ、だめぇ、おにいさぁん、もう許してぇっ！　もうイッてるからぁ！」

昴の頭を抱きかかえながら、涙を流して悦ぶ紅葉の艶やかな叫びがこだまする。昴はもう少し吸っていたいと思っている。あとでまた返してやるから、と。

「また来るっ、また来るのぉっ！　あぁ、あっあっあっ………ゃあああっ♡」

そうして二人は、欲望のままに魔力の行き来を繰り返す。

限界を超えた魔力吸引と、めくるめく快楽により、昴は気がつかなかった。

紅葉の胸――その奥に埋め込まれた水晶体が、脈動するように、どくん、と震えたのを。

☆　☆　☆　☆　☆　☆

帝国陸軍・『横浜(よこはま)』駐屯地(ちゅうとんち)。

箱根(はこね)での『新型戦略爆弾・投下実験』から、約十二時間後、午前八時。

その場所に、二人の少女が訪れた。

武芸者の魔女・紫(ゆかり)と、ライダースの魔女・向日葵(ひまわり)。通称、『両極の極(きわ)み』である。

あの爆発を避けた後、撤退命令を受け、部隊の車両で『輸送』されて来たのであった。

研究部の実行部隊が、この横浜駐屯地の会議室を作戦司令室として間借りしている。そこに司令官、藤原正宗(ふじわらまさむね)がいる。仮にも上官である彼に作戦報告をしなければならない。

気が進まねーなー、とぼやく妹を睨んで黙らせ、紫が歩き出す。向日葵も肩をすくめてそれに続いた。

私(わたくし)だって、と紫は思う。あんな奴(やつ)に会いたくはありませんわ。

「よぉ、お二人サン。無様なご帰還だね〜？　きょはっはっはっはっは！」

　何が楽しいのだろう。

　藤原は部屋に入ってきた二人を見ると、開口一番そう言って笑った。室内に充満するタバコ臭さに、紫は眉を顰める。ヴァントの拒絶度を上げた。

　さほど広くもない会議室をつかつかと歩いて行く紫。向日葵も何も言わずに、三歩下がってついていく。藤原のふんぞり返る机の前で、紫が冷ややかに尋ねた。

「一体どういうことか、説明をして頂けますか」

「はぁん？　なぁにが？」

「あの、爆撃についてです」

「爆撃ぃ？　あぁ、あの『水晶子爆弾』な。いい実験だったぜ。二班の奴らも貴重なデータが取れたっつって喜んでたぜ？」

「私たちは、七星紅葉、七星昴の両名と相対していました。あのままいけば、間違いなく二人を拿捕できたでしょう。なぜ、あのような邪魔を？」

「はっはっは。邪魔ってオメェ、決まってんだろ。『界獣』を倒すためだよ」

「『黒狼』ならば私たちが滅しました。それは存じておられたはず。あのタイミングでの爆撃は七星紅葉を狙ったものでしょう？　私たちや、あの街ごと」

「オイオイオイオイ、そりゃ違うぜ。俺んところにはそんな情報上がってきてねぇ。ましてやオメェらが『界獣』倒すだなんて思ってもみねぇよ。裏切り者を連れて来いって命令よりも、他人の管轄（シマ）を荒らすことを優先するだなんて想定外だぜ？」

「あくまで、しらを切るつもりだと？」

「知らねぇっつってんだろボケが」

面倒（めんどう）になったのか、藤原が毒づく。ぴくり、と紫の眉が動いた。不穏（ふおん）な空気が流れる。

「……なんですって？　ボケ？」

だが、

「なんですって？　じゃねぇぞコラぁ！」

突然怒声（どせい）を上げ、藤原がキレた。ガランガラン、と藤原の投げた安っぽい灰皿（はいざら）が、紫のヴァントに跳ね返って落ちる。もしヴァントがなければ、額（ひたい）に命中するコースだった。

「上官舐めてんのかテメェ！　口の利（き）き方に気をつけろカスがぁ！　魔女だからって調子に乗ってんじゃねぇぞ！　いいか？　七星家は研究部（ウチ）の管轄（かんかつ）なんだよ！　わかるかこの意味がよお！　テメェらも、テメェらの妹も！　碧（あおい）・翠香（すいか）・藍子（あいこ）っつー、あの乳クセェ三人娘もだ！」

五女、六女、七女を人質に取っている。

まだ十歳から十二歳になったばかりの、魔女の才覚に目覚めて間もない子供たちを。

帝国陸軍研究部部長・藤原正宗・研究大佐は、そう言っている。

「――っ！」

思わず一歩踏み出した向日葵を、紫が制して、言う。

「……貴様、それでも軍人か」

「あぁ!? テメェらみてーな化け物どもを制御するならこのくらいやらねーと意味ねーだろうが！ わかったらとっとと追え！ 恥晒しの四女とシスコンの長男を今すぐ連れて来い！ このままじゃテメェらの家、解体されんだぞ！ そしたらテメェら姉妹は揃って斬首か幹部連中のペットだ！ それでもいいのかコラぁ！」

そのまましばし睨み合う。

先に折れたのは、部下である紫だった。

「……了解」

一切の感情を表すことなく、踵を返す紫。しぶしぶ向日葵も続く。しかし、紫が部屋を出ようとドアに手をかけたところで、

「あぁ、待て待て、『両極の極み』」

藤原が止めた。楽しそうに笑って言う。

「きょはっは……。俺も柄になく熱くなっちゃったよぉ〜。悪かった、言い過ぎた、謝る。七星紅葉には、ウチの研究を手伝ってもらってたんだよ。それを国外へ持ち出されちゃかなわないんでな。連れ帰ってくれ、頼むぜ？」

向日葵が露骨に嫌そうな顔をする。紫は妹にそっとため息。少しは隠しなさい。

振り向いて、

「了解致しました。私たちは魔女として、陸軍所有の兵器として、全力を尽くしましょう」

満足そうに藤原が笑う。そこへ、「ですが、お忘れなく」と紫が続けた。言葉で刺すように。

「私たちが忠誠を誓っているのは国家。界獣と戦えぬ民草を守護するために存在しているのです。あなたの私兵ではありません」

そうして、七星家の長女は決然と部屋を出て行った。向日葵が実に嬉しそうに続く。

ドアが閉まり、ひとり部屋に残った藤原は、きょは〜〜〜とため息をつき、

「やっぱアイツらも殺そ」

と呟いた。

「紫姉ちゃん。このままでいいのか？」

軍事施設独特の硬質な印象を与える廊下を歩きながら、向日葵が聞いてきた。

「良いわけがありませんわ。向日葵、三女に連絡を取りなさい。『魔女狩り』に動いて頂けるよう、要請致します」

七星夕陽。『姉妹最強』と謳われる三女はいま、王室直属の魔女部隊『魔女狩りの魔女』に参加していた。そのコネクションを使って、碧・翠香・藍子を研究部の所属から外せないか。

紫はそう考えた。王室直属なだけあって『魔女狩り』の権限はかなり強い。ただ問題は、新参

者(もの)で見習い扱いで気分屋で気まぐれな夕陽の要請が、『気難しい』あの集団に通るかである。

なお、この辺(あた)りの事情を、魔属から出奔(しゅっぽん)した昴は全く知らされていなかった。それどころか、妹たちと連絡すら取れない状況である。

「おうよ！　それでこそ七星紫ってもんだ！　さすがアタシの姉！」

向日葵は喜ぶ。ただ黙って言いなりになるわけではないという、紫の姿勢に。

「向日葵……。あなた、もう少し感情を隠しなさいな。そんなことでは、お兄様との戦闘でいつまでもお面を外せませんわよ」

「あぁ？　ありゃ、紫姉ちゃんの泣きそうな顔を隠すためだろ？」

「……向日葵？」

「なんでもねぇよ」

はぁ、とため息をつく紫。施設を出て、秋の空を見上げる。

あの時、爆撃さえなければ聞けていたものを。

「一体、何があったんですの……？　紅葉、お兄様……」

☆ ☆ ☆ ☆ ☆ ☆

七星昴がホテルの窓から外を覗(のぞ)くと、日はすっかり落ちていた。

紅葉に魔力を吸い尽くされて、否応（いやおう）なく睡眠を取り、現在午後七時。動き出すには良い時間だ。魔力も回復している。

目が覚めると、紅葉が隣で眠っていた。上半身裸のままで。

あまり見ないようにして布団をかけ、起こさないようにベッドから下りる。

携帯端末をチェックし、彩奈から連絡がないことを確認したあと、ルームサービスで軽食を頼んだ。ついでに男性用シャツと女性用のブラウス、下着といった衣服を注文する。場所が場所だけにこういうサービスはしっかりしている。自分はともかく、紅葉には着替えを用意しないといけない。紅葉の身長を考えるとSサイズなのだけど、あの胸の大きさだとキツいような気がして、M……いやLにしておいた。

慣れた感じのおばちゃんが持ってきてくれたサンドウィッチと衣類を受け取って、シャワーを浴び、着替えを済ませ、テーブルに戻ると、紅葉が目を覚ましていた。

寝る前の出来事は覚えているだろうか。泥酔すると記憶がなくなるというが、果たして。

紅葉と目が合う。

ぴし、と擬音（ぎおん）が聞こえるくらい、彼女は石になった。昴は全てを悟った。

「おはよう」

とりあえず、挨拶（あいさつ）する。

紅葉はなぜ太陽が昇るのかわからない、といった表情でしばらく硬直していた。顔が赤くなったり青くなったりしている。のろのろとベッドから下りようとして、豊満な胸がその重量と重力に従ってたっぷんと揺れて、自分が裸なことに気がついてまた硬直し、慌てて近くにあったタオルを引っ掴んでシャワールームへ駆け込んだ。

昴は椅子に座って、コーヒーを一口すする。

美味い。

大絶叫がシャワールームから響いてきた。

「いいいいいいいいいいいいいやあああああああああああああああああなになになになになになになになになんなのなんなのなんなのなんであんなことしたの私ぃぃいいいいいいいいいいいいいいいいいいいいいいいいいいいい！」

この悲鳴に、部屋はあとどれくらい耐えられるのだろうかと、三度目の心配をする。

「なんでなんでなんでなんでなんでなんでなのよおおおおおおおお！　殺してえええええええええ！　いっそ殺してよぉぉおおおおおおおおおおおおおお！」

酔っ払って痴態を晒し、それを思い出して悶絶する哀れな妹がそこにいた。

酒の飲み方を知らない大学生はこんな感じなのかな、とサンドウィッチを頬張りながら昴は思った。ハムサンドだった。コンビニで買ってきたものではなく、おばちゃんの手作りっぽい。

バタァン！　とシャワールームのドアが開く。壊れないか心配だ。四度目。

着替える心の余裕もないらしい。隠し切れない胸にタオルを当てたまま、涙目の紅葉はうーう一唸(うな)ってシャワールームとベッドの間を行ったり来たりしている。どうしても昴のいるテーブルまで辿(たど)り着けない。

「紅葉」昴が助け舟を出す。「ご飯、食べよう？」

すると彼女は昴と目を合わせないまま向かいの椅子に座った。座って、また立ち上がった。自分が上半身裸だと思い出したのだ。慌てて昴に背を向けて、ブラジャーを胸に当て肩紐(かたひも)を通し背中のホックを留め左右のカップにそれぞれ手を入れて大きな乳房の位置を入念に調節しブラウスを羽織(はお)りボタンを三つ留めたところでようやく振り返り、「みみみ見ないでください！」と顔を真っ赤にして怒鳴った。はい。

それから紅葉は泣きそうな顔をしてテーブルにつくと、親の敵のようにサンドウィッチをやっつけはじめた。あっという間に二人分を食べ尽くして、まだ足りないと辺りを見渡すので、昴がメニューを提示して内線電話を取る。「ルームサービス」とおばちゃんの気だるげな声がして、昴が振り返ると、「カツ丼とカレーライスとキツネうどん!!」と紅葉がでかい声で叫んだ。昴がそれを伝える前におばちゃんが「カツ丼とカレーライスとキツネうどんね」と電話を切った。いや、俺の分……。

しばらくして、おばちゃんが再び食事を持ってきてくれた。昴が追加注文したサンドウィッチも忘れずに。紅葉はいただきますと呟いて、あとは一言も喋(しゃべ)らずにひたすら箸(はし)を進める。もう、今さら恥をかいたところで一緒、と開き直ったらしい。もっしゃもっしゃ食べ続ける。カレーライスをおかずに、キツネうどんでカツ丼を口に流し込んでいた。惚れ惚れするほどの食いっぷりだった。こういうところは、昔の紅葉も今の紅葉も変わってない。たくさん食べる君が好き。

昴が鮭茶漬けを食べ終わるのと、紅葉が最後にとっておいたお揚げを口に入れたのは同時だった。咀嚼し、飲み込み、お茶を飲み、箸を置いた。ごちそうさまでした。

ふぅ、と一息つく。

そして、昴とは目を逸らしながら、

「け、今朝は、何もなかったですよね…………………?」

しらばっくれやがった。

「そうだな」

「そうですとも」

「…………」

「…………」

「俺のファーストキス……」

「ごめんなさいいぃいぃいぃ！」

惚れ惚れするほど綺麗な土下座だった。しかし可愛い女の子に目の前でされると、精神衛生上よろしくない。

彼女に寄り添って、昴は肩に手を置く。

「いや、うん、忘れよう、紅葉。昨日のアレは、全て夢だ」

「はい、はい、夢ですよね。忘れていいんですよね……？」

縋るように見つめる紅葉。昴の心にほんの少しだけ火が灯る。嗜虐心の火が。

昴はにっこり笑った。そして再現した。紅葉の声真似で、

「――おにいさん、私とするの、嫌ですか？」

「いやあああああああああ」

「――上の口が嫌なら……下の口でも……」

「やめてぇええええええ」

「――あぁぁぁおにいさんのが私の中にいっぱい入ってれぅぅう！」

「許してぇえええええええ」

「おっぱいがいっぱい？」

「ごめんなさいいいいいいいいいいいいいいいいい」

そこまで覚えているのか。あのあたりまで行くとかなり酩酊していたような。

「うぅ、ひっく、酷いよう……」

紅葉がガチで泣き始めたので、ちょっとやり過ぎたと反省する昴。

「ごめん、紅葉、大人げなかった」

「うぅ、うぅぅぅぅ……お、お兄さんだって、私の胸をたくさん吸ったくせに……」

「吸わせてきたのは紅葉だろ？」

「そ、そうだけどぉ……うぅ、うううう、お兄さんは、意地悪です……。私をイジメて、楽しいですか……？」

上目遣いで泣きながらそんなことを言うので、お兄ちゃんちょっとゾクゾクしました。いかんいかん。

「いや、楽し……いわけがないじゃないか」

「言い淀みました」

「楽しんでない」

「ほんとう？」

「うん」

「……信じられません」

口をとがらせて、ぷい、と紅葉がそっぽを向く。でもそこがまた、可愛らしかった。

昴になだめられた紅葉は、彼から今後の行動を聞いていた。並んでベッドに座っている。新しい服と下着を貰って、すっかり機嫌が直っていた。我ながら単純だ、と紅葉は思う。

——でも、このブラウス……。袖が余る上に、胸がキツいのが玉に瑕だけど。

と、無駄に主張する脂肪(しぼう)の塊を見下ろす。もちろん紅葉は、昴が自分の胸の大きさを考えて一番大きいサイズを注文したことなど知る由もない。

テーブルには昨日のようにコーヒーが二つ。砂糖とミルクも二つずつ。

紅葉には不思議な感覚だった。このお兄さんが甘いコーヒーを好きだと確信している自分がいる。記憶が戻ったわけでもないのに。

　そのお兄さんが説明をしている。

「遺跡へ行って、そこに残されている水晶に触ってみる。追手が来たら逃げる。囲まれたら突破する。とまぁ、大雑把(おおざっぱ)な話なんだけど」

　簡単に言ってくれるが、はっきり言って自信がない。

「できるでしょうか……？」

　しかし、彼は笑って頷く。いつものように。

「紅葉はヴァントもカノーネも使えるようになったし、きっと大丈夫さ。昨日は砲撃の際に魔力を一回で使い切っちゃったけど、できるだけ俺が一緒に調節する」

　そこでふと、紅葉は疑問に思う。

「昨日やったみたいに、人と魔力を共有して使うのって、誰とでもできるんですか？」

「いや、家族だけだよ。血の繋がりが魔女の繋がりだから」

「でも、その、お兄さんとは、ちょっと違ったような……」

「ああ、うん。俺は養子だからね。血の繋がりはない」

「――養子」

血の繋がりがない。まさか、とは思っていたが。

――じゃあ、本当の兄妹じゃないんだ……。

嬉しくなる。同時に、少し寂しい。紛らわすように質問を重ねる。

「えっと、じゃあ、どうして共有できるんですか？」

「うーん。言いづらいんだけど、契約したんだよ。子供の頃に」

「契約？」

「大きくなったら結婚するっていう、子供の約束。その時に魔法的な契約を交わしたんだ。家族になります、っていう……」

「けけけけ結婚！」

兄妹でそんな馬鹿な、と思い、しかし一方で『魔属はそういうもの』と『覚えている』。それに、血は繋がってないと、いま聞いたばかりだ。

紅葉の狼狽をどう受け取ったのか、昴は珍しく焦った様子で、

「あぁ！　でももちろん、君の記憶が戻ってない時にするつもりはないし、そもそも子供の頃の約束だし、家族って兄妹も含まれるし！」

心が冷えた。

そんなに嫌がらなくてもいいのに、と紅葉は思う。それに昨日は「お前」だったのに、起きてみたらまた「君」に戻っている。つまらないことだけど距離を感じる。そして何よりも、『今』の私と「する気」がないことにまた少しだけ寂しくなって、こんなことを言ってしまう。

「お兄さんは養子なのに、魔女の私よりも魔力が大きいですね。どうしてですか？」

意地悪な質問だ。口に出してから自覚した。けれど、遅かった。

七星昴についての記憶はない。けれど『魔属』に関わる情報は覚えている。だから、どういう状況だったのか、想像はつくはずなのに。

「そういうふうに造り替えられたんだ、子供の頃に」

何ということもなしに、昴は話した。苦笑して。

「俺の家系はね、七星に吸収されたんだよ。母さんも魔女だったんだけど、ちょっとその、やらかしちゃってね。逆賊扱いで、粛清されたんだ。残った家族はまだ小さかった俺だけ。で、七星家に引き取られた。苗字と名前を新しく貰ってね。まぁ、親の顔も覚えてないし、お前たち……君たちは皆かわいかったし、引き取られて——」

よかったよ、と昴が言う前に目を閉じた。ああ、と紅葉は腹立たしく思う。頭に来る。迂闊にもこんな質問をした自分と、いつもみたいに気にしてない素振りを見せるこの人に。あなたが親の顔を覚えていないわけが、

あれ。

いつもみたいに、って、なんだ。

頭がくらくらする。あれ。

昴に体を支えられた。ふらついた自覚もないが、視界が斜めになっていた。

大丈夫か？　と心配される。いや、こうじゃない。こうじゃなかったと思う。心配されるのは、こちらじゃなかったはずだ。

「すみません」謝った。「悪いことを聞きました」

彼が笑う。

「いや、昔の君にも、何度か話したことだし」

そうだ、その度にこの人は、本当は悲しいはずなのに、寂しいはずなのに、泣きたいはずなのに、ちっとも悲しそうな顔を見せないで、泣きもしないで、『私』のことばかり心配して、それが悔しいから、『私』は――。

「え」

昴が目を丸くして見ている。いいからもう少し屈みなさい。手が届きやすいように。

それじゃ、頭を撫でにくいでしょう。

「紅葉、お前――」

「思い出してません」

「でも、いつも――」

言いたいことはわかる。きっと、前の『私』はこうしてたんだろう。覚えてはいないけれど、なんとなくわかる。彼の柔らかい髪の手触りを、この『身体』が覚えている。

そして言った。

「あなたが好きです」

昴が息を呑(の)む。

そして、

「今の私があなたを好きなのは、あなたとの思い出があるからじゃありません」

思い出してないけれど、でもだからこそ、いまの『私』の気持ちは。

「私を見てください」

硬直する昴。いい加減、伸ばした腕が疲れたので、頭を強引に押さえつけてやる。ええい、面倒だ。このまま抱きしめてしまえ。

「うおぉ」

間抜(まぬ)けな声を出して、昴の顔が胸に収まる。どうだ、思い知ったか。いつ育ったか知らんがこの胸は本当に重くて邪魔なのだ。少々くすぐったいが、このまま窒息(ちっそく)させてやってもいいな。昨日さんざん吸わせてやったのだ。今さら何を恥ずかしがる必要があろう。

「もがっもがっ！　ふんがー！」

気持ちよさそうに昴が苦しんでいる。矛盾(むじゅん)などない。

一つわかった。この人のカッコ悪いところを見ると、自分はとても楽しい。……いや、違うな。この人が私だけに見せるカッコ悪いところが、とても愛おしいのだ。

そしてもう一つわかった。今のは『思い出した』んじゃない。

今の『私』が感じたことだ。

今の『私』が生まれて初めて、得たものだ。

ふと、それに気がついて、

「──ふぐっ」

声が出た。

昴の声ではない。紅葉の声だった。紅葉の、泣き声だった。

「ふぐぅ、ぐぅ、ううう」

こらえても、こらえても、後から後から涙が溢れてくる。

嬉しくて。

初めて何かを手にしたように感じた。ずっと、前の『私』のお下がりだった。自分は生まれたばかりで何も知らず、このまま何も得られないのだと思っていた。だって、今の自分には何もない。魔法の知識も、力も、ヴァントもカノーネも、全て前の『私』が持っていたもの。それを思い出していただけだ。これからずっと、過去の自分を装って生きていくのだと思ってた。

「──昴さん、お願いです」

優しくしてくれる人がいた。でもそれも、前の『私』のものだった。自分じゃない誰かを、重ねて見られていた。そんなのは、もう、辛い。

胸の中の昴に、もう一度繰り返す。泣き声で。

「今の私を、見てください。昔の約束なんて忘れてください。私は、それを覚えてないんです。それは、私じゃないんです。お願い、今の私を見てください」

昴が、胸の中で震えた。そうして静かに、囁くように告げる。

「──ごめん、それはできない」

わかっている。わかっているのに。涙が止まらない。昨日のこと、彼が最後まで、今の私に手を出そうとしなかったこと。そうだ。この人はこんなにも優しい。過去の私と今の私を一緒くたにしないで、きちんと分けて──拒絶してくれる。

「ううぅぅ……」

「……ごめん」

謝られる。謝らないでほしい。必死で首を振った。

それでも嬉しかった。たとえ最初のきっかけが、昔の『私』から始まったのだとしても。

いま、あなたを好きだという想いは、自分だけのもの。

紅葉は祈る。

だから、お願いです。いつか私の記憶が戻ったとしても、私の想いだけは、どうか残っていてください。

予感があった。

――もうすぐ、私の記憶は戻ってしまう。

Though I am a terminal witch, is it strange that I am in love twice with brother?

第五章　遺跡の魔女

ホテルから箱根(はこね)遺跡は近い。

追手(おって)の有無(うむ)を確認しつつ、昴(すばる)は紅葉(もみじ)を後ろに乗せてバイクを走らせていた。Dスーツの上にバイク用の防寒着を着て、目立たないよう気休め程度の工夫はしている。

箱根遺跡の管理は帝国政府が行っている。

建物の構造は、よくある研究施設となんら変わらない。四角くて白いただの大きな建造物だ。遺跡はそれ自体が一つの箱物になっていて、帝国政府が更(さら)にその周りを囲むように鉄筋コンクリートで覆(おお)った、いわば二重の箱だった。

重要な『超古代文明の遺跡』とは言っても、それ自体は危険なものではない。盗んだり持ち出されるようなシロモノも少ない。そんなものはとっくに別の場所で保管されている。ここに残っているのは、すでに調査の終わったガラクタと、『誰にも持ち出せないモノ』だけである。

よって、警備はザルだった。

遺跡へ到着した昴は紅葉を物陰(ものかげ)に待機させ、Dスーツの電子ステルスと光学迷彩を展開。監

視カメラと巡回監視員を難なくスルーして遺跡西口にある電子扉に到着した。スーツの手首から伸ばしたコードで遺跡全体のセキュリティを統括するシステムへ入り込む。

彩奈から支給された新装備の一つに『ＰＧＭ―４』というバイザーがある。メガネのように顔につけるだけで、スーツとバイザーが感知した情報を表示してくれる補助装置だ。バイザーが中空に表示する仮想の入力装置を操作してハッキングを開始。特殊部隊が潜入作戦時に使用する、監視システムを騙すプロトコルを流し、以降四時間は何が起こっても平常運転の状態を作りだすと、昴は紅葉と共に遺跡内部へ侵入した。

到着して、二分とかからなかった。

「これが……遺跡水晶……」

呆けたように昴が呟く。その隣で、紅葉も同じように、呆然とその物体を見つめていた。

広大な発掘遺跡。バイザーのナビに従ってその中心へ向かうと、それはあった。

現在の科学では作れない、しかし明らかに人工物である床と壁に囲まれた、四角いコロシアムのような空間。

その中央にある台座に、全高五メートルはあろうかという巨大な水晶が浮かんでいた。

薄暗い闇のなか、仄かに白く輝いている。まるで空間に固定されたかのように中空でぴたりと静止していた。透明な四角柱で、石版のように平たく薄い。その周りにはヴァントが張られており、削ることはおろか触れることすらかなわない。水晶武装はこの周囲に埋まっていた欠片から水晶を復元し、使用している。遺跡の発見時期はおよそ百年前。ある時、忽然と姿を現したという。まるで界獣の襲来を予測していたかのように。

「紅葉」

振り返り、促すと、緊張した面持ちで紅葉が頷いた。台座へ登る階段を一つ上がる。

途端、硬直した。

「どうした？」

「魔法が、」振り返って、怯えたように言う。「使えない」

慌てて昴も同じように一段登る。足から頭のてっぺんまで電撃が走ったその瞬間にはもう、自身から魔力が消え失せたことを悟った。

「……なるほど」

ヴァントならカノーネで破ることができる。にも拘わらずここから持ち出せないのは、『魔法を無効化』しているためか。

「これじゃあ、どこにも動かせないな」

「昴さん……」

怯えた様子で紅葉が呼んだ。ホテルでの一件以来、彼女は昴を名前で呼ぶことに決めたらしい。あなたの知っている『妹』ではないのだ、と。

「ああ、大丈夫」

昴は紅葉の手を握る。もう一段、登った。

「一緒に行こう」

「――はい」

登っていく。

「もし、私の記憶が戻ったら、どうなるんでしょう？」

「君の胸の水晶の外し方がわかる――といいな。あと研究部の狙いがわかると、もっといい」

登っていく。

「もし」紅葉が一つ息を吐いた。「記憶が戻ったら、『今の』私はどうなるんでしょう？」

「…………わからない」

消えるかもしれない。移植前の記憶に塗り潰されて。この数日間の記憶は全くなくなってしまうのかもしれない。あるいは、残るのかもしれない。移植前の記憶を引き継いで。

十三段を登りきり、浮かぶ水晶の前へ立つ。

深呼吸する紅葉。水晶へそっと手を伸ばし、昴を顧みた。

ひょっとして、と昴は思った。ここへ至って、ようやく昴はその可能性に思い及んだ。

――ひょっとして、今の紅葉は、記憶が戻ることを望んでいないのか？

「紅葉、君は、」

「昴さん」

期待と悲しみと、涙が、その顔に浮かんでいた。

「私のこと、忘れないでくださいね」

それは紛れもなく、別れの言葉だった。


紅葉が遺跡水晶に触れた瞬間、薄暗かった空間が紅く染まった。

紅葉の胸の水晶と遺跡水晶が反応して、どちらも紅く発光したのだ。眩い明かりが空間全体を照らす。その中心で、紅葉の身体が遺跡水晶と同じく宙に浮かんだ。彼女は意識を失ったが、昴はそれを見ていなかった。

突如湧いた人影が五つ、銃器を構えて紅葉を狙っていた。突然の発光現象で身を隠すヒマもなかったのだろう。この空間に隠れていた人物の影が、明かりに照らされたのだ。

——待ち伏せ、なぜ気づかなかった、ザル過ぎた警備、紅葉は、魔法は、いま、使えない。

浮かぶ紅葉を庇って昴が跳んだのと、五つの銃弾がDスーツを貫いて昴の肉体を食い破ったのは同時だった。水晶武装。けれど、

——貫通は、していない。

激痛で薄れゆく意識。昴は弾丸が己の体内で止まり、紅葉まで届かなかったことに安堵した。

紅葉、と昴は思う。気づいてやれなくてごめん。今のお前が違う紅葉だって、わかっていた

はずなのに。ごめん、応えられなくて、ごめん、助けてやれなくて、ごめんな……。

落ちる。その先には、遺跡水晶が静止している。手が触れた時、彼の視界は真っ暗になった。

電撃が走り、再び魔力を手にしたことも認識できなかった。

☆ ☆ ☆ ☆ ☆ ☆ ☆

「ここは……？」

大きいスクランブル交差点のど真ん中に、昴は立っていた。

周りの建物はなぎ倒され、融解し、界獣にやられたのだと察する。だが、破壊された施設が、やけに見覚えがないというか昴の感覚とズレている。

そう、時代がズレているというか、近未来的というか……。

「ここは『日本』の『首都』東京。……渋谷よ、お兄さん」

振り返ると、そこに五歳の紅葉がいた。

結婚の約束をした、あの頃の紅葉だった。だが、

「君は……紅葉、じゃないよな」

確信を持って尋ねると、少女はにっこりと笑った。

「私は『水晶炉』の意思。お兄さんが『遺跡水晶』と呼ぶモノの魂。お兄さんに説明しやすい

ように、お兄さんに説明しやすい人の姿を借りました」

　それで紅葉か……。しかも、子供の頃の……。

　昴は思う。確か、現実で紅葉を庇って撃たれた後、『遺跡水晶』に触れたな。

「あの水晶の、意思？　それが俺に干渉して、夢を見せているってことか？」

「その通り。魔力を通して、お兄さんの精神に繋がっている」

「紅葉はどうした？　あの子が先に触ったはずだ」

「紅葉さんにも、別の夢を見てもらってる——そろそろ、お話を始めていい？」

「何の話？」

　幼い紅葉の姿をした少女——水晶炉が、言った。

「『魔女』と『界獣』と、『水晶』にまつわるお話」

☆　☆　☆　☆　☆　☆

「繰り返すけど、ここは『日本』の『首都』、東京は渋谷」

「日本……？　帝国ではなく？」

「そう。日本。——西暦２３３４年のね」

「２３３４年？　今が２０３０年だから……」

「お兄さんのいた時間から、およそ300年後。だけど正確には、お兄さんのいた世界とは別の世界——異世界。そのイメージを見てもらってる」

「世界が違う……異世界？　異界……まさか……！」

「うん。その通り」

水晶炉が頷く。

「『界獣』は全てここで生まれ、お兄さんの時代、お兄さんの世界へ飛ばされた」


頭がクラクラしてきた。

「界獣は元々『生体兵器』なの。人間同士が戦争をするための」

昴の困惑もお構いなしに説明を続ける幼女。

すると突然、街が消え、一面の荒野になった。かと思えば、箱根遺跡が出現する。幼女が映像を切り替えているのだと察した。学習教材みたいだと昴は思った。

「界獣を造っている『水晶炉』という装置があった。私たちのことね。ある日、とある国の水晶炉と界獣が、敵対国に暴走させられて手がつけられなくなってしまった。被害は広がって、敵対国どころか、世界はあっという間に崩壊。あと少しで人類滅亡ってところで、ようやく対抗手段が現れた。『水晶炉』の魔力に当てられて、魔法の『才能』に開花した少女たち」

「それが――」

「そう、『魔女』」

水晶炉の姿が変化する。五歳の紅葉から、十歳くらいの紅葉へ。

いや、似ているが、紅葉とは違う。そんなことあり得ないんだけど、一番近いのは、娘とか、孫とか……。いや、まさか……。

「『彼女』もその一人。そして、最後の一人。得意な魔法は――空間転移（テレポート）」

「彼女？　誰だ、その子は」

「紅璃（あかり）。最初で最後の魔女」

水晶炉は続ける。

「紅璃たち魔女は界獣を倒した。倒して倒して倒しまくった。でもそれも限界だった。『界獣』は水晶炉からどんどん生まれるけれど、魔女の数が足りない。紅璃を合わせて日本で十二人しかいなかった。そこで偉（えら）い人は考えた。界獣の核（コア）だけを空間転移できないか」

小さい水晶の板が現れる。それを包むように界獣が出現した。

「それまで紅璃の役割は仲間の援護だった。界獣の一部を空間転移して破壊しても、核を破壊しない限り何度でも再生するから。戦闘で彼女は役に立たない。そんな時にさっきのアイデア。界獣の核だけを空間転移すると、周りの骨や肉は粒子（りゅうし）となって消える。界獣は死ぬわけではないけれど、ひとまず目の前の脅威（きょうい）はなくなる。と言っても、微々（びび）たるものだけど」

界獣が粒子となって消える。だが、そのすぐ近くに、再度、出現した。

「紅璃の魔法、空間転移は、『距離』の制限がある。それも、すごく短い。頑張っても百メートル先にしか飛ばせない」

「宇宙にまで飛ばせたら良かったのにな」

「本当に。あとは、界獣の『核』に直接爆弾を飛ばせないかも試したのだけど。内部から大爆発、どっかーん！　みたいにできたらいいなって」

「できなかったのか？」

「飛ばせたことは飛ばせたのだけど、代償が大きかった。たった一キロの爆弾を飛ばしただけで、紅璃は丸一日、気絶してしまった。偉い人の考えだと、紅璃が飛ばせるのは『意思のあるモノ』だけみたい。界獣にも意思はあるから。それでも、無理をすれば――それこそ寿命を削れば、無機物も飛ばせるのはわかった」

「命を削る……」

「界獣との激しい戦いで紅璃の仲間はどんどん死んでいった。ある日、紅璃の最後の仲間が死んだ。親友だった。残された紅璃に戦う力はない。このままでは人類が滅ぶ。界獣によって」

似たような状況だ。今の自分たちと。

「どうすればいいと思う？」

昴は答えた。苦々しく。

「…………空間転移」

「――そう。飛ばせばいい。ここではないどこかへ」

だが、

「紅璃が飛ばせる『距離』は短かった。けれど、『時間』はそうではなかった。紅璃は、偉い人の命令で、『界獣』を全て――過去に飛ばした」

この時代、か。

とんでもないことをしてくれたな、未来の連中は。

「国を、街を、村を闊歩する界獣を探索し、発見して、片っ端から過去へ飛ばした。紅璃が飛ばせる時間は、前後におよそ千年間まで。この辺は紅璃の感覚だから、証拠はないし、偉い人も最初は信じてくれなかった。紅璃が一分後に車の模型を飛ばしたら信じたけど。それに本当は地球が生まれる四十六億年前まで飛ばせれば良かった」

水晶炉の前で、ぽん、と小さな爆発が起きた。そこから小さな地球が生まれる。水晶炉のイメージ映像だ。ビッグバンのつもりか。

「ここからは――もうずっとだけど――ＳＦの世界。タイム・パラドックスは起こるのか否か。結果は見ての通り、起きなかった。紅璃が界獣を過去へ飛ばした時点で、その世界は別の世界になったはずだから。世界線ってわかるかな。それがズレた」

水晶炉が、何もない空間から黒板を出した。縦に白い線を一本、引く。

線の一番上に、界獣のマグネットを置く。それを、真ん中に持ってくる。すると、そこから線が分岐した。分岐した線は赤くなる。

最初に引いた白い線が、この未来の世界。

分岐した赤い線が、昴たちのいる世界。

過去に何かを飛ばすと、その時点で行き着く未来が変わる。そういう説明だった。

「わかりやすく結果だけ言うと、『よく似た異世界の、過去へ飛ばした』ってことかな」

「迷惑な話だ」

「そのままにしておいたら、その世界は滅んでしまう。なんとかしようと紅璃は考えた。自分たちの世界の不始末で、そちらまで滅ぼしてしまうなんて無責任、絶対にできない」

水晶炉は続ける。

「紅璃は思う。それでなくとも信じられないくらいの被害があるはずだ。大勢の人が死んでしまうはずだ。謝って許してもらえるとは思わない。でも、ごめんなさい。本当にごめんなさい。私たちの身勝手に巻き込んでしまって、本当にごめんなさい。私一人の命で贖えるとは思えないけれど、そんな傲慢なことは思わないけれど、この世界の代表として償おう。と」

――私一人の、命？

「紅璃は、界獣を飛ばす先を、過去の、最も人類が繁栄した時代にした。界獣を喜ばせるためじゃないよ。『魔女』を多く生まれさせるために。人類が多ければ、それだけ『魔女』が生まれる可能性も高くなる」

紅璃が過去に飛ばしたのは、界獣だけじゃなかった。

「紅璃は、世界中の『水晶炉』を『界獣』を飛ばした時間よりも前に、あなたの世界に送った。偉い人にも相談しないで、独断で。そちらの世界にいる、少しでも多くの人を、魔女に目覚めさせるために。自分の命を引き替えにして」

発掘遺跡。

超古代文明の遺産だと思っていた水晶は、未来の技術だったのか。

「『水晶炉』は、もう界獣を造らない。その機能を失った。その代わりなのか、水晶炉の魔力が魔法の『才能』を目覚めさせるきっかけになった。それを紅璃は、自分が魔女になったことで知っていたから」

だから『水晶炉』の魔力に当てられた１９３０年代の一部の人々が、魔女になった。

「それでも、魔法の才能に恵まれた人はごく一部だった。だから、それだけでは界獣は倒しきれないかもしれない。この世界のような――『魔女を兵器とするやり方』では、やっぱり滅んでしまうかもしれない」

みんな、そう思っている。

水晶炉が、ふぅ、と息を吐いた。

「これが、私たち『水晶炉』と、『界獣』と『魔法』をこの世界へ送った魔女のお話。あなたたちからしたら大罪人だよね。紅璃を許してあげてとは言わない。でも忘れないで、それを決めたのはあの子だけじゃない。いわば、あの世界で生き残った全ての人類が決めたの。それをできたのが紅璃だっただけで」

水晶炉の姿は、その紅璃という魔女の姿だ。

どう控(ひか)え目に見ても、小学校を卒業した年齢には見えない。

人類はどこまでいっても、いくら経(た)っても、子供を犠牲(ぎせい)にするらしい。

「……そっちの世界は、どうなったんだ」

「わからない。緩(ゆる)やかに絶滅したのかもしれないし、しぶとく復興したのかもしれない。でも、魔女も界獣も水晶もなくなった。それだけは絶対に」

「そっか……」

紅璃という子は、あることを忘れている。過去に何かを飛ばした時点で行き着く未来が変わるなら、『水晶炉』を飛ばした時点で、また行き着く未来は変わるのだ。

つまり、別の世界線では、『界獣』だけがあり、『水晶炉』のない世界が存在している。

その世界の人々はどうするのだろう。おとなしく滅ぶのか。それとも、魔女や水晶に代わる対抗手段を見つけ出すのか。

ともかく、今の昴がいる世界では、『水晶炉』があり、そのために『魔女』が生まれ、その後『界獣』が飛ばされてきた。

なるほど、と昴は思う。界獣の出現位置に規則性がなかったり、地上にしか現れないのは、未来での位置そのままだからか。筋は通っているように思える。

「界獣はあと、どれくらい送られてくるんだ」

「わからない。ただ、少なくとも私から生まれた界獣は、数千体は越える」

「……多いな」

現在、帝国政府が確認した界獣の出現数は、五四六体。八〇年でこの数だ。この水晶炉の造った界獣が、全てこちらに飛ばされるわけではないだろうが、それにしても多い。

水晶炉により映像が切り替わる。昴たちは、最初のスクランブル交差点へ戻っていた。

「そろそろお別れ」

水晶炉の姿が、ゆっくりと透明になっていく。消えていく。

「最後にもう一つ」

紅璃の姿をした水晶炉の意思が、昴に走り寄り、

「──ちゅ」

とキスをした。

「っ!?」

直後、昴の肉体に変化が生じる。否、肉体の裡に変質が起こる。

熱い。

胸の中に、とてつもない熱量を持った塊（かたまり）が生まれたかのようだった。

「私からの贈り物。この世界へ最悪の厄災（やくさい）を送り込んでしまった、その代わりに。『せめて少しでも力になれないか』、そう思った紅璃が、自分の『才能』を全て私に預け、来るべき時まで封印（ふういん）していた、魔法の力」

「来るべき時……？」

「紅璃の世界で唯一（ゆいいつ）、生身（なまみ）で界獣を倒し、『人類最強の歩兵』と呼ばれたご先祖さま。――七（なな）星（ほし）昴が、私に触れるその時まで」

「……え、俺？」

「あなたに最後の魔女――七星紅璃の『魔法の才能』を授けます」

世界が消えていく。真っ暗闇（くらやみ）に落とされる。その中で、水晶炉の声が聞こえた。

「紅璃の苗字（みょうじ）は七星。七星紅璃。お兄さんの子孫」

昴の声は届かない。

それじゃ、つまり――。

「――頑張って、遠い遠いお父さん」

☆　☆　☆　☆　☆　☆　☆

七星昴の意識が、暗闇を落ちていく。その最中に知る。魔法の使い方を。

『才能』とはよく言ったものだ。紅璃という魔女の『空間転移』、自分には使えないらしい。魔法にも適性がある。本来の紅葉が『防御（ぼうぎょ）』を得意とするように。長女の紫（ゆかり）が『日本刀』を創（つく）るように。次女の向日葵（ひまわり）が『砲撃』を必殺技（わざ）とするように。

七星昴の『魔法の才能』。それは、歩兵として最高の才能であった。

暗闇を落ちていく。落ちて、落ちて、落ちて、

意識が、着地した。


撃たれた瞬間の、昴へと。

刹那（せつな）、悟る。体内に留まった弾丸が全て魔泡盾（ヴァアント）で包まれ、弾（はじ）き出され、傷口の修復が始まっていることを。Dスーツが弾丸の進入角度をバイザーの演算装置へ報告し、バイザーが敵の位置を割り出して画面に表示していた。昴の周囲の大気がぶるり、と震える。五つの断界魔砲（カノーネ）が現れたその時にはすでに、自分を撃った敵全ての頭部に光弾が命中していた。

台座のある室内、五カ所同時に血飛沫（ちしぶき）が舞う。

昴が魔法を使い、狙撃手（そげきしゅ）五人を同時に撃ったのであった。

その死体を確認もせずに、口空から降りてきた紅葉を昴は受け止める。すでに遺跡水晶によ

る『魔法無効化』は消えていた。それどころか、浮いていた水晶板は重力を取り戻したように落ちていき、地面へ激突し、粉々に砕け散った。

紅葉は、いまだ気を失っている。昴は彼女を抱いたまま膝をつき、遺跡水晶――水晶炉の欠片に手を触れた。反応はない。魔力が切れていた。まるで昴に全て与えたかのように。

昴は思う。感謝はしない。あなたたちのせいで界獣は現れ、大勢の人間が死んだ。あなたたちのせいで『魔女』が生まれ、自分の仲間が死んだ。だが――魔女という存在がなければ、自分は七星家に引き取られることもなく、『七星紅葉』と出会うことはなかった。

ひどく個人的な理由だけれど。

あなたたちのおかげで、紅葉と出会えた。それだけは、自分にとって幸福だった。

感謝はしない。

けれど、この力はありがたく使わせてもらう。

――二年前の海岸を思い出す。ポンチョを着た、名前も知らされなかった少女を。

――三百年後の未来を思い出す。世界を救うため、命を捨てた紅璃という少女を。

十歳かそこらで死んだ、あの魔女たちのためにも。

せめて、この世界の魔女だけは、自分が救ってみせる。

☆　☆　☆　☆　☆　☆　☆

遺跡を脱出するため、紅葉を抱えた昴が、台座を降りる。

最後の一段を降りたところで、その足を止めた。

空間の入り口に、狐面をつけた魔女が二人、立ち塞がっていた。

バイザーが示す二人との距離は、一四メートル三六センチ二ミリ。『魔女の剣客』の射程内。

狐面を外さないまま、紫が苦々しげに言う。

「ごきげんよう。そして、やってしまいましたね、お兄様。もう言い訳はできませんわ」

「何のことだ？」

「研究部の実行部隊を五人、お兄様は殺めました。今までは逃亡で済みましたが、これよりは、もう……」

「何だ？　反逆罪にでもなるっていうのか？　なら、研究部の連中はどうなんだ？」

「お兄様。ご存知の通り、今や私は七星家の当主です。家督を継がずに逃げ出したお兄様の代わりにね。七星家全員の命を預かる身として、お兄様と紅葉を連行しなければならないのです。たとえ首だけにしても」

連行って言わないぞ、そういうのは。

「聞け、紫。紅葉がどういう状態なのか。研究部に何をされたのか」

ワンクッション置いた。いきなり伝えると紫の心臓に良くない。

「聞きたくありませんわ」

構わない。そんなお面をかぶったくらいで、感情を消せると思うなよ。

「紅葉は人体実験を受けた。胸に水晶を埋め込まれて。更に、記憶まで奪われている」

びくり、と紫が震えた。顔を隠していても、表情が見えなくても、衝撃を受けたことがありありとわかった。半歩、後ずさり、後ろに控えていた向日葵に支えられる。

自分の妹の身に何が起こっているのか、自分の兄がなぜ逃亡を手助けしているのか。そして自分たちが所属している部隊が、上官が、何をしようとしていたのか。彼女とて人体実験の噂は聞いていただろう。二年前の昴と同じ衝撃が、いま長女を襲っている、昴はそう思った。

嘆息する。長男である自分の代わりに当主を継がせて、無理をさせている。兵器としてどんなに強くても、まだ十七歳の女の子なのだ。

「警察のとある機関に話を通す用意がある。紅葉の実験を公表し、研究部を断罪する。だから退いてくれ、紫」

だが、一つ下の妹は昴が思うよりも強かった。

紫が狐面を外した。切れ長の目、凛としたその顔はまるで彼女の持つ刀のように鋭い。やはり、と昴は頭の片隅で納得する。魔女は皆、人間離れした美しさを持つ。

それを見て向日葵も面を外す。姉とは違う系統の美しさ。顔のパーツ一つ一つが大きく、高い身長も相まって、モデルのようなカッコ良さがあった。

射抜くような視線で紫が言う。

「——証拠は、あるのですか」

その言葉に追い詰められた者の苦しい調子は見られなかった。即座に立ち直り、兄の言葉を疑ってかかった。任務を受けた兵として、真偽を確かめようと務めていた。

そんな妹を嬉しく思いながら、昴は頷く。

「紅葉の胸に、水晶が埋め込まれている。それを見れば信じるか」

「仮にその水晶が、研究部以外に埋め込まれたものだとは、考えませんでしたか？」

「二年前、やはり研究部から逃げ出した魔女がいる。俺が直接交戦した魔女だ。その子もまた、紅葉と同じように、胸に水晶を埋め込まれていた。そして、紅葉が逃げ込んでくる直前に、藤原正宗・研究部部長から、紅葉の説得を要請されている。更に——これは本当は、まだ味方になってないお前たちに言ったらマズいんだけど——公安がそれを嗅ぎつけている」

紫は昴の言葉を吟味するように、わずかに考えた後、

「研究部部長は、『七星紅葉に研究を手伝ってもらった』と言いました。ならばお兄様の主張通り、紅葉が人体実験を受けたというのは間違いないのかもしれません」

「なら、」

「ですが、まずはその証拠、見せて頂きましょう」

涼しい顔で、紫は言った。

躊躇する昴。そんな場合ではないとわかっているのだが、

「……ここで、胸を見せるのか？　俺が、寝ている紅葉のブラウスを開いて？」

「何でしたら、私たちがやりましょうか？」

いや、でも、預けた瞬間に連れ去られたらマズいし……。

「紅葉なら、私たちに胸を見られるくらいなんとも思いませんわよ」

「そうなの……？」

すると、今まで黙っていた向日葵が、場違いに明るい声で、

「そーだよー兄貴ー！　先月だって、久しぶりに皆で温泉入ってさー！　代わる代わる紅葉の爆乳を揉んで怒られたばっかり」

「ひっ向日葵！」

「……おう、秘密だったたな、ワリィ」

昴はなんか色々諦めた。諦めて、わかったから見てろ、としゃがみ、紅葉を背中から抱えた。胸に触らないように精一杯腕を伸ばして、下手な二人羽織りみたいな格好で、眠る紅葉のブラウスのボタンを上から外し始めた。

「なんか妙に艶めかしいですわ……！」

「なんか妙にエロいな……！」

すっげー近づいて二人が見に来ていた。お面つけた方がいいぞ、と昴は思った。人に見せられない顔になってる。

外野は無視して、作業を続ける。無心だ。無我（むが）の境地だ。だが三つ目のボタンが上手（うま）く外れない。なぜか、ものすごく突っ張っているからである。紅葉の胸で押し上げられたブラウスが、横に広がろうとしてボタンをきつく締めているからである。バカな、Lサイズを渡したのに……。ていうか、どうすんだこれ、一番良いのは胸を押さえて抵抗を減らすことだけど、さすがに摑（つか）むのは、

ぱちん。

手こずっていると、ボタンが飛んでいった。いつの間にか間近（まぢか）に見に来ていた紫のヴァントに跳（は）ね返って落ちる。もしヴァントがなければ、額（ひたい）に命中するコースだった。

「初めて見ましたわ……！　初めて見ましたわ……！」

「胸がデカ過ぎてボタン飛ぶところが見られるなんてな……！」

姉二人が感動しているが、この状況を妹としてどう思うんだろうか紅葉は。

ブラウスを脱がすと、たわわに実った巨乳を包むブラジャーが現れる。いや、実りすぎてちょっとはみ出ている。昴はそっと目を逸（そ）らした。すでにこの時点で、紫と向日葵からは水晶が見えているはずだ。胸の谷間にあるとはいっても、すっぽり隠れているわけではない。

「どうだ、見えただろ？　水晶が」

「見えませんわ」

「見えねぇなぁ」

「いやいや、ちゃんと見ろよ。上の方に、」

「お兄様、ちょっとかき分けてもらえませんか？」

「兄貴、ちょっと手ぇ突っ込んでみて？」

「何いってんの!?」

「ですから、よく見えるように」

「だから、摑んでみて」

二人がニヤニヤしながら自分を見ていることに昴はようやく気づいた。ため息をついて、紅葉のブラウスのボタンを締めていく。

「冗談はおしまいだ。これでわかったろ。紅葉を助けるためにお前たちも協力してくれ」

紫と向日葵は、屈み込んで見ていた身体を起こし、二歩、三歩、と離れた。

「確かに、堪能――いえ、眼福――いえいえ、検分させて頂きました」

紅葉の服の乱れを直し終わった昴に、紫が見下ろして言う。

「ですが、それとこれとは別です」

「――なんだと？」

「お兄様の気持ちもわかります。けれど、私たちの家族全員の命もかかっているのですよ？　現にいま、下の三人娘は、藤原大佐の監視下にあります」

昴の脳裏に、まだ幼かった妹たちの顔が浮かぶ。

「あの野郎……！」

「いいえ、お兄様。『碧や翠香、藍子』だけではありません。私こと紫、向日葵、夕陽、そして私たちの七名のお母様方、七星家に出入りしている十五名の使用人たち。それら全てが、事と次第によっては命を絶たなければなりません」

それが『魔属』。昴が一度逃げ出した、『魔女の世界』。

「お選びください、お兄様。長男として、兄として」

先ほどまでの巫山戯た雰囲気はどこへやら。

氷のように表情を消した紫が、昴へ問う。

「紅葉一人と、私たち全員の命——どちらを取りますか？」

紅葉を抱えたままの昴が、ふふ、と笑う。

バイザーによると、この二人が来て五分三十二秒経過。さっき顔を近づけて来たのは、紅葉の胸を『他の人間』に見せないように身体で隠したためか。

——優しいじゃんか。二人とも。

「意地悪な言い方だな、紫」

「事実ですわ、お兄様」

そうだな事実だ。お前は正しいよ。そんな言葉を言わせてしまった自分が、すべて悪い。

悪いのは全部、七星昴だ。

そういうことに、しておいてくれ。

「誰かを犠牲にしなければ存続できない家なんて、滅んでいいよ」

「──なんですって？」

「俺は一度逃げた落伍者だけどな、それでも言わせてもらう。なぜ紅葉がこうなる前になんとかしなかった。お前たち姉妹が六人もいて、どうしてこうなった」

「──っ！　そっ！　それをっ……！」

あまりの怒りに、紫の殺気が膨れ上がる。

「それをあなたが言いますかっ！」

怒号。

良い演技だ。

昴は思考する。紫の置かれている立場。表立って昴には協力できないという、七星家当主の立場を考えたら、それしかないよな。

『七星昴には逃げられた形をとり、自分は妹たちを藤原のもとから保護する』。

おそらく紫はそう考えている。

バイザーに映された情報は、すでにここが敵部隊によって包囲されていることを示している。

五分五十秒経過。頃合いだ。逃げよう。後は適当にやりあって、敵の目を誤魔化す。

昴がヴァントを展開した。それは、紅葉とそっくりの、紅い光の障壁だった。

――すまない。碧、翠香、藍子のこと、頼んだ。

ニヤリと笑って、昴が言い――

「かかって来いよ、ゆか」

終わる、前に、

「その首、頂きますわ、お兄様」

目の前に紫がいた。

――縮地法！

咄嗟に抜いたナイフで、三歩の距離を一歩で済ませた紫の、日本刀型カノーネ『紫陽花』を受け止める。あっれ!?　ガチンコっ!?　演技じゃないっ!?

息のかかる距離にいる妹の瞳が紫色に染まっていた。髪も同様。刀を押さえた右手がじりじりと押されていく。こ、こいつ、マジで挑発に乗って!?

「くっそ！」

ナイフを返して刀をかわし、つばぜり合いから脱すると、昴は紅葉を抱えたままヴァントで一気に後ろへ跳躍(ちょうやく)した。高速かつ滑らかな動きで刀を鞘(さや)に納めた紫は、逃しはしないと追撃(ついげき)の構え。縮地法が来る。迫り、来る。

——話が違うっ！

だがいつまでも動揺しているわけにもいかない。腹を決めた昴はカノーネを展開。周囲に五つ生み出して砲撃する。接近しながらそれらをすべて薙(な)ぎ払った紫は、昴の脳天目がけて刃(やいば)を振り下ろした。受け止める昴。紫の目が細くなる。

「——七星剣武、清流(せいりゅう)」

「——し、七星剣武、雲海(うんかい)っ！」

二人の声と技がぶつかり合い、再び、火花が散る。

が、紫がわずかに動揺した。

昴の持つナイフ、それが、カノーネに包まれて、巨大な刀と化していたからだ。

——これは、私の。

刹那。頭上——紫の死角へ飛ばされていた昴のカノーネの砲撃が剣客を直撃した。巻き起こる爆炎と爆煙は、すぐさま紫色のヴァントで吹き飛ばされる。無傷の紫が立っていた。だが彼女の目の前に七星昴はいなかった。別の入り口からすでに逃走していた。激昂(げっこう)して妹に叫ぶ。

「撃ちなさい向日葵！　アレはもう兄ではありません。七星家を滅ぼす怨敵です！」

一方、逃走した昴はバイザーの示す逃走経路を走りながら悔いていた。慣れない魔法で大幅に魔力を消費してしまったこと。そして、長女の『冗談が通じない性格』を忘れていたことを。

——まぁ、あんだけガチでやれば、敵の目も誤魔化せるだろ……。あぁ怖かった……。

腕に紅葉を抱える昴。Dスーツの背中に飛行用ノズルを展開し、遺跡を脱出せんと飛ぶ。周囲にはヴァントを展開。熱のない、ただの壁としてのヴァントだ。通路に立ちはだかる兵士たちを自動車で撥ねるように吹っ飛ばしていく。やがて外に出ると、置いておいたバイクのもとへ向かう。その周りにいた兵士たちがアサルトライフルで撃ってきたが、水晶武装でもない弾丸がヴァントを貫くはずもなく、昴は彼らを難なくカノーネで黙らせた。砲撃ではなく、砲身を直接ぶつけて気絶させた。ぶん殴ったのである。

紅葉を抱え直してバイクに跨がり、スーツの手首からコードを伸ばして鍵穴に突っ込む。2030年の電子制御の付いたバイクはこれだけで中のシステムと繋がる。敵によって仕掛けられた『エンジンをかけると爆発する』ブービー・トラップをハッキングで解除して、タンクの下に付いていた爆弾本体を引っぺがして遺跡へ放り投げる。出てきた敵数人が爆発に巻き込まれていたが知ったことか。改めてエンジンをかけてクラッチを切ってギアをローに入れてスロット、寒気がした。

魔力を感じる。視線を感じる。断界魔砲（カノーネ）の射線（しゃせん）に入った。そう認識すると同時に、黄金の光条（こうじょう）が飛来した。

向日葵の、極大断界魔砲（ゾンネ・ヴァルカノーネ）だった。

——のやろぉっ！

紫を驚かせた、カノーネ付きの長ナイフ——名付けて『プレアデス』を掲（かか）げ光線を弾く。昴の周囲にヴァントが展開。超高熱線に当てられて周辺の地面が融解していく。凄（すさ）まじい熱と光が昴と紅葉を襲っていた。プレアデスで弾き、ヴァントで防御を固めているにも拘（かか）わらず、『山をも溶かす』と謳（うた）われるヴァルカノーネの熱線に激しく押され、ナイフの先端に固めたカノーネの刃が一瞬でドロドロに溶けて、

——お兄ちゃん。

紅葉の声が、聞こえた気がした。

そのときにはもう昴のヴァントの一回り外側に、同じく紅い障壁が展開されていた。その壁は、まるで鏡のようにヴァルカノーネの光線を夜空へ跳ね返していた。遙（はる）か上空の雲が黄金の光条によって裂かれるのと、自由になった昴がもう一度バイクを発進させるのは同時だった。

施設の上から照射砲撃をしていた向日葵が、自身の光線を跳ね返されたことを悟った時、す

でに昴と紅葉の姿は消えていた。バイクの加速にスーツのノズルを組み合わせて、あっという間に逃げたのだろう。魔女の移動速度なら追えないこともないが、その命令は出ていない。

それよりも向日葵は——帝国陸軍魔法兵器の中でも随一の威力を誇る、遠距離砲撃特化型魔女は、戦慄を覚えざるを得なかった。

あの鏡が、もし上空ではなく、こちらへ向けられていたら。

手加減していた、とはいえ、あの火力だ。施設は一瞬で消滅するだろう。そして、ヴァントによる防御が得意とはいえない紫と自分は——。

ぶるり、と震える。

「助かったのは、アタシらの方だったか……」

クワバラクワバラ、と呟いて、向日葵は施設を飛び降りた。そして、兄に酷いことを言われ、きっと傷ついているだろう、愛しの姉のもとへと向かうのであった。

☆　☆　☆　☆　☆　☆

箱根遺跡まで見物——もとい指揮を取りに来ていた藤原正宗・研究大佐は、その一部始終を見ていた。呆然と指揮車へ引き返し、タバコの灰が落ちたのにも気づかず、呟いた。

「……なんだ、ありゃあ」

ただの人間であるはずの七星昴が、魔泡盾（ヴァント）に断界魔砲（カノーネ）という魔法を使用した。

逃したことよりも、藤原にはそのことが重要だった。

だから、指揮車にいる自分の前へやってきた紫が、

「取り逃がしました。申し訳ございません」

と殊勝（しゅしょう）に謝ったことに対して、

「……オウ。引き続き、追ってくれや」

それだけを言うに留めた。

てっきりまた罵詈雑言（ばりぞうごん）を並べ立てられるものと構えていた紫が、ほんの少し意外な顔を見せたのも知らず、藤原はタバコを片手に、自（みずか）らの思考に耽（ふけ）っていた。

――こりゃあ、作戦を練り直す必要がありそうだ。紅葉（巨乳）はいつまで経っても昴（バカ兄貴）を喰（く）わねぇし、何かが足んねぇんだな……。なんだ……？　魔法を封じるために記憶を消したのが原因か……？　記憶……記憶……思い出……心……精神……感情……。

「失礼致します」

紫が踵（きびす）を返して去ろうとする。その前に、

「なぁ、七星紫。ひとついいか」

振り返った紫が答える。

「は」

「七星昴を、オメェ、殺せるか？　あぁ、心情的な話じゃあねぇ。実力的な話だ。アレが水晶の魔力を奪い、『魔女と同等の兵器に進化した』と仮定して、オメェは倒せるか？　オメェと同じようにカノーネで武器を作り、向日葵のヴァルカノーネを弾いて逃げた、あの人類最強の歩兵、七星昴を」

紫はほんの少し躊躇した。

「脅威です。が、やりようはあります」

「──きょはっ。つい昨日まで『楽勝です』ってツラしてたのによぉ。まぁいい。行け」

「は」

藤原はまた、思考を開始する。

──条件としては、あと少しのはずだ。例えば、感情。いや……違うな。『感情の指向性』、か？　あの条件下で、感情をある一定の方向へ、一心へ向ければ、あるいは──？

半分以上残っていたタバコをもみ消し、新しくもう一本火を点ける。

──兄貴を目の前で殺された怒り。あたりが妥当だが……あいにく、今の手駒じゃ無理だな。ったく、クソ使えねー『紫と向日葵』め。こうなったら、多少無理してでもガキ三人殺るか？　いやしかし……。

帝国陸軍研究部部長・藤原正宗・研究大佐は思考する。

紅葉に埋め込んだ水晶で、より強力な兵器を造る方法を。魔女を使って界獣を滅ぼす方法を。

この研究が、藤原自身の愉悦（ゆえつ）を満たすことを最優先に考えられているのは間違いない。だがそれよりも厄介（やっかい）なのは、この研究がそれでも、『国家のためになり得る』という点であった。

己の楽しみを追求するために、仕事・及び国家を使う。

皮肉なことに、人類を救う存在に一番近いのが、この男なのであった。

人を殺すことに性的興奮（こうふん）を覚える異常者でも、自分の愉悦のために大規模大量破壊兵器を使用する快楽主義者でも、現状、界獣による災害から、人類滅亡を防ぐことができる可能性を最も秘めているのが、この男なのであった。

だが、七星昴は知っているはずである。未来の世界を見たはずである。

『今のままのやり方では、やはり人類は滅ぶ』と。

☆　☆　☆　☆　☆　☆

再び追撃指令が下され、箱根遺跡から離れた、山中にて。

七星紫は地面に寝転がって、月を眺（なが）めていた。綺麗（きれい）な満月だった。

隣には、同じように寝ている向日葵がいる。

周りに人はいない。部隊の人間も、別の命令を受け、どこかに散っている。

紫は妹に尋ねた。

「——夕陽から、連絡は」

「まだだよ」

「そうですか……」

「…………」

——なぜ紅葉がこうなる前になんとかしなかった。お前たち姉妹が六人もいて、どうして。

兄の言葉が蘇る。あれが兄の演技だったのも、今はわかる。紅葉は命令によって一人で任務についたのだから、自分たちがいくら目を光らせていようが、人体実験を止められたとも思えない。思えない。思えない、けれど、

——本当にそうなのでしょうか。

それは言い訳ではないのか。自分がもっとしっかりしていれば、研究部の暴走を止めることができたのではないか。大切な四女をみすみすモルモットにされ、挙句それを逃がすために行動していた長男を殺しかけた。あの上官に良いように騙されて。自分はこれでも長女といえるのか。皆の模範になるべき長姉といえるのか。自分には本当に七星家の当主たる資質が、

「紫姉ちゃん」

グルグルと渦を巻きながら底へ沈むマイナス思考を、向日葵が断ち切った。

「アンタは立派な姉ちゃんだよ」

「――っ」

不意打ちだった。この子はいつもこうだ。

狐面で顔を覆った。月がよく見えなくなるが、別にいい。どうせ涙でぼやけるのだから。

向日葵が、紫の頭を撫でる。

「アタシはどんなことがあっても、『紫』の味方だよ」

そうして、紫は向日葵に抱き寄せられた。抵抗などしない。ここは世界で一番、自分が安らげる場所だ。一つ下の妹の腕の中で、革ジャン独特の臭さと、向日葵の魔力の香りと、向日葵自身の匂いとが、魔女の鼻孔をくすぐった。ああ、と紫は思う。

――お兄様が、これくらい男らしかったら。

小さい頃はともに『七星剣武』を習い、強くてカッコ良くて憧れだった兄。でも、自分たちを捨てて魔女の世界から逃げ出した兄。

それでも、決して憎めず、むしろずっと心配して、いまでもたぶん――愛している、兄。

その想いが向日葵に対する裏切りになることに、紫は気がついていなかった。だから、

「あなたが、男だったら良かったのに」

照れ隠しにそんなことを口走って――妹が自分に見えないように、世界中を滅ぼしそうな顔をしていることにも、気がついていないのであった。

向日葵はたまに、自分の全開砲撃を試したくなる時がある。

砲撃が強力すぎる自分は常にセーフティをかけている。最後に全力を出したのは三年ほど前。ようやく戦場の匂いに慣れた十四の頃。あの時は高尾に出現した分類3クラスの界獣十体を二十四秒間の継続照射砲撃で消し炭にしたのだ。そのあと一週間寝込んだけど。

以来、全力なんて出していない。あれから随分強くなった。今の自分は、どこまで無茶をやれるだろう。興味と好奇心は尽きない。

ただ、それとは関係なく、全開でぶっ放したくなる時もある。

例えば、兄に酷いことを言われて傷ついた愛しの人を、自分の胸で慰めている最中に、

「あなたが、男だったら良かったのに」

などと言われた時だ。

バカ兄貴じゃないけれど、帝国に喧嘩でも売ってやろうかという気になる。『山をも溶かす熱線』？　富士山くらい溶かしてやろうか？　あぁん!?

自分が男だったらこんな苦労はしなかったのに、と向日葵はよく考える。長男が家を出ても、次男の自分が継げばいい。姉に辛い想いをさせて泣かせることもない。そうしていつか、『魔属』の掟にしたがって、この人をお嫁さんにするのだ。

それはなんて、甘美な妄想。そして、許されない願い。

自分もやがて、この魔法を次代へ継がせるために、誰かに嫁ぐことになる。それはいい。い

ざとなったらバカ兄貴で我慢しよう。きっと仲良くやれる。

けれど、この人が。七星紫が。誰かのモノになるなんて。誰かに触られて、生まれたままの姿を晒して、誰かの子供を孕むなんて。

耐えられない。汚らわしい。許せない。どうして、どうして、どうして！

——どうしてアタシは、男に生まれなかったんだろうなぁ。

ただそれだけが、生まれた頃からずっと疑問だった。

やがて、涙の引いた紫が、立ち上がる。

秋の夜空と、真っ暗な山々へ向かって、腹の底から叫んだ。

「お兄様のぉおおおおおおおおおおお！　いけずうぅうううううううううううう！」

そして向日葵を振り返り、スッキリしたように笑った。

「いつもありがとう、向日葵」

男らしい妹は、へっ、と笑って、夜空を見上げて呟いた。

——あの月、ぶっ壊せねぇかな……。

いつか産む娘にこの力を託す前に、絶対に一度試してやると、そう心に誓った。

第六章　目覚めの魔女

Though I am a terminal witch, is it strange that I am in love twice with brother?

それは、遠い過去の記憶。

――助けて、お兄ちゃん。

妹の声がして、七星昴(ななほしすばる)は秋の空を見上げた。

帝都から離れた山の奥深く、ひっそりと隠れるように大きな屋敷がある。そこが八歳になる昴の家だ。煉瓦造(れんがづく)りの洋館。ややくたびれた様子の三階建て。焦(こ)げ茶色の屋根の上に、女の子が座って――腰を抜かしていた。

「びぇぇええええええええええええええええええええん！」

五歳になる四番目の妹だった。

びーびー泣いている。

「……何やってんだ、あいつは」

いつものように庭を散歩していた昴は、呆(あき)れつつも妹から見える場所へ移動して、聞こえるように声を張り上げる。

「紅葉(もみじ)！　おい、紅葉！　聞こえるか紅葉っ！」

名前を呼ばれた少女は昴を認めると、一瞬だけ泣き止(や)み、

「助けてぇぇぇぇ！　おにぃぃぃぢゃぁぁあああああん！」

「何やってんの！」

「降りらんないのおおおおおお！」

じゃあなぜ登った。

「魔法は!?」

「ごわぐてつがえないいいいいいぃぃ！　びああああああああああああああああん！」

「ったく、しょうがないな……」

執事(しつじ)さんも『母さんたち』も見当たらないから、どうせまた魔法の訓練中に逃げ出したんだろう。『魔泡盾(ヴァント)』を覚えたての魔女はこれだから……。

ため息ひとつ。まぁ、いつものことだ。昴は玄関へ――向かわずに、外壁に手をかけた。窓枠(わく)や突き出たレンガを足場に、ひょいひょいと登っていく。壁登り訓練(クライミング)が役立った。油を流されたつるっつるのタイルよりよっぽど登りやすい。ほどなく屋根上への登頂を成功させて紅葉のもとへたどり着くと、さっきまで「この世の全(すべ)てが敵」といった具合に泣いていた妹が、す

っかり泣き止んで瞳をキラキラさせて自分を見上げていた。『そんけーのまなざし』だった。

「お兄ちゃん、魔法使えないのに凄い！」

「魔法使えないのに、ってのは余計ね」

紅葉の隣に座る。

魔法が使えない男の自分は、魔女たちをサポートする役目がある。

「僕と違って、紅葉はちゃんと魔法が使えるじゃないか。頑張って降りなよ」

「だって……うまくできないんだもん……」

紅葉がしょんぼりした。

そんなことはないと昴は思う。この子は守りの魔法が得意のはずだ。上手くいかないのはたぶん自信が足りないだけだろう。と、昴は妹の頭に手を置いて優しく撫でてやった。艶やかな黒髪が嬉しそうに揺れる。『出会って二年』が経ち、四女を元気づけるには、これが一番効果的だと知っていた。

「紅葉なら、きっとすぐできるようになるよ」

「……ほんとう?」

「ほんとうだよ」

よしよし、と撫でる。もうひと押し。

「そしたら、魔法で皆を守ってくれ。界獣から」

「私が？　皆を？　守る？」

「紅葉が、皆を、守るんだ」

小さな魔女の瞳に光が灯る。目標ができた嬉しさを人生で初めて知った。教えてくれた昴に向けて、満面の笑みを浮かべる。「そしたら！」

「そしたらお兄ちゃんも、守ってあげるね！」

男の意地がわずかに主張する。妹に守られるのは嫌だなぁ。しかしこの笑顔の前で、それを口にはできなかった。染みついた『兄の役目』を優先させた。

「ああ、よろしくな」

嬉しそうに、紅葉が手を握ってくる。

元気出た。の合図。

ミッション・コンプリート。などと心のなかで嘯いて、昴は自分も楽しむことにした。せっかく登ったし、久しぶりに屋根上の景色を楽しむのも悪くない。こういうところが、一番上の妹から「お兄様はジジ臭いですわ」とか言われてしまうのだけど。

体の向きを変えて、屋敷の後ろに広がる景色を眺める。隣に座る妹が同じように振り返った。

ここは高い山の奥深く。十一月も半ばを過ぎて、いまが一番綺麗な季節。黄色く、紅く、自然は魅せる、その色彩を。

山間の木々が、紅葉に染まっている。

なんて美しいんだろう。

「きめた」

同じ名前の妹が、口を開いた。

「私、お兄ちゃんのお嫁さんになる」

「うん？」

「お母さんが言ってた。魔法が使えるようになって、お姉ちゃんや妹たちとたくさん界獣を倒したら、私も誰かのお嫁さんになるんだって」

「──なるほどね」

兄妹同士じゃ結婚できない、なんてのは普通の家庭の話。魔女の家系じゃ、血の盟約とかなんとかで親類としか結婚できない。遠くを見ながら昴は思う。

──人間扱いされてないからなぁ、僕たち。

妹を見る。正真正銘、混じりっけなしの魔女──の卵。ばかみたいに大きな瞳は彼女のお母さんに似て、きっと美人になるんだろうな、と簡単に予想させる。幼い顔立ちは可愛らしいというよりもすでに美しい。今は綺麗な漆黒だが、魔法を使う際には髪と瞳が紅く染まる。その雰囲気も合わさって、およそ『人間離れ』している、とても。

とても、自分の手に負えるものじゃ、ない。

それなのに、昴は答えた。

「お前が大人になって、まだその気なら、いいよ」

まるで最高の宝物を発見したかのように、とびっきり嬉しそうに紅葉が笑う。

「約束だよ、お兄ちゃん！」

たぶん、この笑顔を見たそのときに、七星昴の心は決まっていた。


——七星昴は、七星紅葉をお嫁さんにする。


昴は思う。そうだね。僕とお前が、それまで生きていたら。

その時は。

☆　☆　☆　☆　☆　☆

いまだ起きない紅葉を抱えて、昴はバイクを走らせる。

通信機（虫）の類（たぐい）は、バイザーによる異常電波送信測定（チェック）と、教科書通りのポイントを探せばカタが付いた。研究部の追跡は振り切ったはずだ。

当初の目的である『箱根（はこね）遺跡で水晶との接触』は果たした。

あとは紅葉の記憶だ。今は眠る彼女のそれが戻ったのか否（いな）か。それにより、彩奈（あやな）たち公安に保護してもらえるかどうかが決まる。

もしダメならば、自分たちで研究部の実験を公表するしかないが、果たして、一体どれだけの人が耳を傾けてくれるだろうか。魔女の世界を逃げ出した落伍者の言葉を。

ため息ひとつ。

先のことを心配しても仕方ない。今はまず、紅葉を休ませる場所を探し、自分の傷もなんとかしなければ。

遺跡脱出時の紫・向日葵との戦闘で魔力を消費し、治癒に回せる魔力がなくなっている。紅璃という最後の魔女から受け取った、魔法の『才能』。使いこなすにはまだ時間がかかるか。

昨晩のような、いかがわしいホテルがあれば一番なのだが、人里を離れすぎていて見当たらない。あるのは廃墟ばかり。この際、どこかのビルに潜り込むか。

出血と痛みが増していく。視界が霞む。限界だ。昴は手近な建物のそばにバイクを止めて物陰に隠すと、サイドケースからバッグを取り出し、眠る紅葉を抱えて入っていった。

特殊な形状をした建物だった。廃病院かとも思った。しかしそうではなかった。入り口にいくつも下駄箱が並び、廊下はリノリウム、広い部屋が連なって、室内には主人のいなくなったおびただしい数の、机と椅子たち。

廃校だった。

界獣によって街が破壊され、それに伴い放棄された、見知らぬどこかの高校だった。

ははは、と笑ってしまう。

——そういやぁ俺、高校生だったなぁ。

謎の感慨（かんがい）が湧（わ）き上がってくる。高校ならば、保健室があるはずだ。あそこにはベッドも、ひょっとしたら包帯くらいならあるかもしれない。紅葉をそこで寝かせよう。

その背に、約束を交わした少女を背負い、一昨日（おととい）まで高校三年生だった昴は、名前も知らない高校の保健室を探して歩き回る。ずるずると、血の跡を残しながら。

やっと見つけた保健室に入ると、中は意外にも綺麗だった。

相当慌（あわ）てて避難したのか、ベッドにはシーツがかかったままで、棚を開ければ薬品の類が揃（そろ）っている。不幸中の幸い。昴は紅葉をベッドに寝かせ、少しホッとする。包帯を探そうと立ち上がると、頭がぼんやりし始めた。あれ、銃創（じゅうそう）の手当てって、どうやるんだっけ。確か傷口を綺麗な水で洗って、消毒して、清潔（せいけつ）な布を当てて。いや、バッグ。彩奈から支給されたバッグ。救急用キットが入っていたはずだ。昴はベッドの下に放り投げていたバッグを開けようと屈み込んで、

そこでやっと気がついた。

紅葉が目を覚ましている。

「——紅葉！」

かなり出血しているのに急に立ち上がったものだから、くらりとした。歪（ゆが）む視界の中で、紅葉はぼんやりと昴を見ているようだった。まだ、よく状況を理解できていないような。まるで、長すぎる眠りから覚めたような。

ベッドの端に座る。紅葉の手を握った。「わかるか？」

「あ――」

と、彼女が口を開く。

「昴、お兄ちゃん」

安堵（あんど）感が昴の全身を駆け巡（めぐ）った。脱力してうつむき、紅葉の温かい手に自分の額（ひたい）を当てる。

『昴お兄ちゃん』と言った。紅葉がそう言った。一番嬉しい言葉だった。

「思い、出したのか、紅葉……」

昴は泣いていたと思う。震えながらそう聞いた。紅葉は、少し考えて、

「――うん」

と頷（うなず）いた。

その答えを耳にして、昴は限界を迎えた。良かった、と呟（つぶや）きながらベッドから転げ落ち、床に倒れ込んだ。紅葉が驚いて下を見ると、治癒に回す魔力を得るために睡眠に入った兄が、す

うすぅ、と安らかな寝息を立てていた。

昴さん――お兄さん――昴お兄ちゃん――お兄ちゃん。

七星昴。その青年の呼び方が、七星紅葉の中でどんどん遡られていく。

ゆっくりと認識が追いついてくる。いま、自分の手を握って、おでこに当てて、ベッドから転げ落ちて、床ですぅすぅ眠っているこの人は、

昴、お兄ちゃん。

――あ。ああ、あああああ！

やっと噛み合った。

やっと理解した。

やっと、やっと会えた。

いや、会っていたんだ、会えていたんだ、ずっと――！

「お兄ちゃん！」

ベッドから跳ね起きた紅葉は、下で眠る昴に、一も二もなく抱きついた。

たまらなかった。

七星昴を想う気持ちで心が弾けそうだった。ずっと会いたかった。昴が軍を辞めたと聞いた時も、そのきっかけになった任務を聞いた時も、研究部の連中に攫われた時も、人体実験の手

術を施される瞬間も、輸送機から飛び降りて逃げた後も、記憶がなくなる最後の瞬間まで、ずっとずっと、ずっとずっとずっとずっとずっとずっとずっと、

「会いたかった——お兄ちゃん、お兄ちゃん！」

一昨日、昴に『出会って』からの記憶を思い出す。そうだ、どこかのシェルターに落下して、最初にこの人が迎えに来てくれた。警戒する自分を宥めてくれた。この手で必ず守ると抱きしめてくれた。ヴァントを教えてくれた。公安の人に頼んで一緒に逃げてくれた。研究部の実行部隊に襲われた時も、手を握って励ましてくれた。俺を使えと抱きしめてくれた。それから、それから——！

「お兄ちゃん、お兄ちゃん、お兄ちゃん！」

覚えている。全部、覚えている。

我儘を言う自分と一緒に界獣と戦ってくれた。気を失った自分を守ってくれた。紫お姉ちゃんと向日葵お姉ちゃんが来た時も守ってくれた。それから——魔力をくれた。お兄ちゃんに裸を見られて、怒って、許して、ドキドキして、魔力切れの禁断症状に陥って、その、淫乱みたいになって、その、お兄ちゃんと、キス、した。

「——お兄ちゃん」

覚えている。恥ずかしいことも、辛かったことも、『失恋』したことも、全部。

強引に迫った。それでも自分を受け入れてくれた。いま思い出しても恥ずかしい。本当に自

分があんなことをやってしまったのかと、少し後悔するけど、少しだけだ。あの時の――『記憶がなかった時の想いを、自分は決して忘れない』と、誓ったはずだ。そう願ったはずだ。大丈夫、忘れない。絶対に忘れない。あの時、あなたが感じた想いを、絶対に。

だからこそ、本当に嬉しい。

自分は、七星紅葉は、昔の思い出がなくても、小さい頃に交わした約束なんてなくても。

記憶をなくしても、最初から出会いをやり直しても、もう一度、七星昴を好きになれた。

自分がずっと思い続けたこの気持ちは、本物だった。

そのことが、何よりも嬉しい。

「――紅葉」

「お兄ちゃん！」

紅葉に抱きしめられていた昴が、ちょっと苦しそうに言った。

「痛い」

「あっ、ごめんなさい！」

慌てて力を緩める。いまごろ気がついた。怪我をしている。

その昴が、安堵したように笑う。

「……でも、よかった」

そして、糸が切れたように眠りに落ちた。

その寝顔を見て、紅葉は囁く。

「お兄ちゃんの、おかげだよ……！　ありがとう、ありがとう、お兄ちゃん……！」

気持ちが溢れて止まらない。たまらなくて、どうしようもない。こんなに誰かを好きになることがあるなんて。この人に全部あげたい。この人に全部あげなくては。

「あのとき貰ったものを、今度は私が」

魔力が枯渇寸前で、ヴァントによる治癒が進まない昴。彼を助けるのに一番手っ取り早く、最も効率の良い手段。

「――大好き、お兄ちゃん」

昴の頭を抱き起こし、その頬を愛おしそうに撫でると、紅葉はゆっくりとキスをした。

もう初めてじゃない。だから、何も怖くない。

認めてほしい、受け入れてほしい、愛してほしい。不安から来る承認欲求を、あの時の紅葉は、ただぶつけていた。

けれど、もう違う。

ただ、昴を癒やしたい。いまの自分にあるのは、この想いだけだ。

どくん、と胸の水晶が脈動する。昴への想いが募るほど、この水晶は活発になる。

それはおそらく――感情の指向性。

紅葉はまだ、知らなかった。

自分に移植手術を施すよう命じた人間――藤原正宗と、同じ結論に至っていることを。

☆　☆　☆　☆　☆　☆

記憶を取り戻した七星紅葉は、愛しい兄の頬を撫で、目をつむる。

昴の唇から自分の唇を離すと、つつー、と白い糸が、昴と紅葉の間に橋のように架かった。

「ふう…………」

深呼吸。

昴は重傷だ。一刻も早く楽にしてあげたい。そのためにやることは決まっている。

そう。魔力を与えるのだ。

昴に魔力供給をするのである。

――やることは決まってるんだから、あとは、覚悟だけだ……！

頷いた。よし、よし、やるぞ。

目を開ける。

いま二人は、保健室のベッドの下で抱き合っている状態だ。

「ん……」

紅い光が昴を包む。魔法だ。まず紅葉はヴァントを使って、昴の身体を持ち上げ、ベッドの上に横たえた。つい最近まで使われていた学校らしく、室内は綺麗だし、シーツの汚れもほとんどない。これなら衛生面でも問題ないだろう。

「次は……」

辺りを探すと、すぐに見つかった。あの公安の刑事――彩奈から支給されたバッグ。確かあの中に、こういうときに必要なものが入っていたはずだ。

バッグの中をまさぐる。ペットボトルの水と、タオル。そして、とある瓶を取り出す。

それらを横に置いておいて、昴の服――Dスーツに手をかけた。身体を拭かなくては。

「確かこの辺に……」

首の後ろ側に指を突っ込むと、Dスーツの防御機能が反応して電撃を流してくる。敵に脱がされないようにする機能だが、ヴァントで守られた紅葉は平気で作業を続ける。紅葉の指がスイッチを押すと、ぱひゅん、という軽い音がして、あれだけ昴の体にフィットしていたスーツがダボダボに緩んだ。

よし。

ぶよぶよのウェットスーツのようになったDスーツを昴から脱がして横に置いておく。下は専用のインナーウェアだ。ドキドキしながら、とりあえず上半身を脱がしてみた。

起こした昴の身体を再びベッドに横たえて、紅葉はぼんやりと彼を眺める。

好きなひとの裸が目の前にある。

鼻血出そう。

「…………落ち着け、私」

気がつけば、はぁはぁ言っている自分がいた。ヤバい。寝てるお兄ちゃんの服を脱がすのって思ったより興奮する。

「これは医療行為、これは医療行為、これは医療行為」

自分に言い聞かせる。そうだ、これは昴の傷を癒やすための治療なのだ。ムラムラしたからって襲ってはいけない。昨日とか一昨日とかめちゃくちゃ襲ってたけれど。

いやもちろん自分としては、記憶がなかった頃よりも進んでおきたい気持ちはあるのだけど、あんな状態にでもならないと勇気が出ないし、昴の身体にも障る。ふと、大昔に母から言われたことを思い出した。内容は確か、「常に最前線で戦う魔女はいつ死ぬかわからないからチャンスがあったら襲いなさい、待ってちゃダメ」。自分が十歳の時だった。意味がわからなかったけれど、今は実感する。『魔属』の女は本当にたくましい。

それはともかく、再開しよう。

まずはペットボトルの水で用意した濡れタオルで昴の身体を拭く。肩から始めて、たくましい胸筋に、けっこう太い腕、可愛い脇腹に、引き締まって六つに割れた腹筋。何箇所か、銃で撃たれた傷があるのが痛々しくて可哀相だ。昴のヴァントで包まれて治癒が進んでいるが、とても弱々しい。早く魔力を与えなくては。

濡れタオルは昴の下半身に到達。一瞬だけ躊躇して、別の乾いたタオルをかぶせて見えないようにしてから、そーっと下のパンツも脱がした。うわ、うわ、脱がしちゃった……。

タオルの下に手を突っ込んで昴の下半身を拭く。自分の顔が熱くなってるのがわかる。隅々まで綺麗にしなければならない。そう、これは医療行為なのだから、仕方ないのだ柔らかいふよふよする不思議な袋………あっ。

昴の体にわずかな変化が生じた。その、生理的な。

「…………………コホン」

咳払い。

次は自分だ。濡れタオルを置いておいて、紅葉はいそいそと服を脱いでいく。兄に買ってもらったブラウスを脱ぎ、あれ、ボタンがいっこなくなってる、またどっかに飛んだのか、仕方ない、ブラを取り、はぁ、やっと楽になった、無理やり収めて苦しかった、スカートを下ろして、靴もニーソックスも脱ぎ、ショーツも脱いだ。

素っ裸になった。

真夜中の廃校舎に、低身長で胸が太い全裸の魔女が爆誕した。

七星紅葉だった。

めっちゃ恥ずかしい。

うわ、また胸が大きくなってる。道理でブラが窮屈だったはずだ……。

その狭間には埋め込まれた『水晶』が見える。お腹の上に黒々とした感情が渦を巻くが――今は無視。

濡れタオルで自分の身体も拭いていく。さっきと同じタオルだ。裏返して使ってはいるものの不意に昴の匂いがして胸が高鳴る。身体が勝手にびくんびくん震える。待て落ち着け私。まだ理性を失うわけにはいかない。その内股をどうにかしろ。

実家――七星家での訓練を役立たせるときが来たのだ。まるでファンタジーのエルフの如く年を取らない麗しき七人の母から指導された数々の秘技を、めちゃくちゃ恥ずかしいけど試す時が来たのだ。大丈夫。記憶を失っている自分はあそこまでやったんだから。

――今の私ならもっとできる！

真っ裸で拳をぎゅっと握る十五歳の魔女がそこにいた。

七星紅葉だった。

めっちゃ恥ずかしい。

「うう……」

昴が辛そうに呻いた。痛いのだろう、可哀相に。顔を近づけて、そっと囁く。

「待っててね、お兄ちゃん。いま私が、楽にしてあげるから」

すると昴が、ほんの少しホッとしたように見えた。自分の声で、自分の言葉で昴が安心を得たように思うと、とてつもなく興奮する。あ、あ、やばい。たまんない。早くしてあげたい。

震える手で、彩奈のバッグから取り出した最後の品を取った。

掌に収まる程度の小さな瓶。なかには粘度の高い液体が入っている。

ローションである。

しかし、ただのそれではない。これは魔女の秘薬、特別製の『エーテローション』なのだ。

洗面器を探して……あった。軽く洗ったあと、水を入れる。さらにその水をヴァントで温めて、ぬるま湯にする。そこにエーテローションを投入してかき混ぜる。すると、

「…………できた」

とろっとろのローション温水が完成。コツはお湯を少なめにすることだ。

なんかこう、ぴちゃぺちゃと触ってるだけで変な気分になる。ちなみに飲んでも食べても平気らしい。まぁ魔女は毒も効かないからあんまり関係ないのだけど（河豚だって食べられる）。

さて、これを昴に塗りたくるわけだが。

兄の全身に塗りたくるわけだが。

ふと鏡を見た。

鼻息を荒くしてにやにやと笑っている背の低くて胸の太い全裸の魔女がそこにいた。

七星紅葉だった。

恥ずかしくて死にたい。

「……………これは医療行為、これは医療行為、これは医療行為」

真夜中の廃校舎の保健室のベッドに全裸の男がタオル一枚で寝ていて、その隣には全裸の女がローション温水をかき混ぜて不気味な微笑(ほほえ)みを浮かべているという大変シュールな絵になっているが気にしてはいけないと、七星紅葉は必死に自分に言い聞かせる。

洗面器を持ち上げて、ベッドの脇においた。両手で温水を掬(すく)って、たらー、と昴の胸元から腰にかけていく。そして、ぬめぬめになった昴の肌(はだ)に、ついに、いよいよ、本当に、手を触れた。

「――ひゃうんっ!?」

思わず声を上げたのは紅葉。触れた瞬間、びりびりと電撃が走ったような感覚が駆け巡ったのだ。見ると、昴の身体に紋様(もんよう)が浮かび上がっている。いまの一瞬で、紅葉は昴に魔力を吸われたのだった。

そう、このローションはただのアダルトグッズではない。いやそもそもアダルトグッズじゃないから。そこ勘違(かんちが)いしないで。

この『魔女の秘薬(エーテローション)』は、魔力が流入しやすくなるローションなのだ。

これならば、より効率良く昴に魔力を供給できる。

紅葉は自分の掌に紋様を浮かばせて、昴の肉体を優しく撫で始めた。

「ふぅ……はぁん……はわっ…………やあ…………あん…………♡」

生温(なま)かいローションと、その向こうにある昴の身体のさわり心地、そして魔力が吸われていく感覚。我慢しようと思ってるのに声が出てしまう。気持ちよくて。

「あっ、あっ、あっ、…………お兄ちゃん…………！」

昴が自分の魔力を吸入していると思うと、余計に興奮してしまう。もう少し手の愛撫を続けようと思ったが我慢できずに、

「よいしょ…………」

ヴァントを使って浮き上がり、ベッドの上にゆっくりと着地。いや、正確には昴の上に着地。彼のお腹に跨がった。ぴちゃ、と自分の股間が、生まれたままの姿で、布の一枚も隔てることなく、肌と肌で、昴のお腹とローションを通じて触れ合う。迂闊だった。

「はぁ――――っん！」

びりびりっと甘い快楽が脳髄を駆け巡った。妹の陰部がお腹に当たって兄は嫌がらないだろうか。丁寧に拭いておいて良かったと心の底から思う。

「お兄ちゃん……♡」

囁いて、覆い被さるように抱きついた。だって魔力供給は接触面積が多ければ多いほどいいんだから、と頭の隅で誰かに言い訳をしながら、手だけでなく、身体も密着させる。すると、

「ふあぁぁぁぁ…………っ♡」

体中が凄まじい多幸感に包まれた。全身で昴に魔力を吸われているのだ。干からびた大地に水が染み渡っていくように、紅葉の魔力が昴の隅々まで入っていく。昴の身体が自分を欲して

いる。もっとよこせと要求してくる。たまらない。

特に吸入が激しい部分——胸を見ると、昴の胸に自分の胸が当たり、潰れて、いやらしく形を変えていた。胸の先端がびんびんに立ってしまい、更に感度を引き上げている。

「こ、これはぁ、医療行為ぃ、医療行為ぃぃ……♡」

早くも呂律が怪しくなるが、なんとか続けようと試みる紅葉。

いつも昴が行っているように、魔力供給は触れているだけでなく、動かすことが肝要だ。兄を抱き締めたまま、前後左右に身体を動かす。ローションがぬちゃぬちゃと音を立てて、自分の身体を滑らせる。魔女の紋様は——特に自分のそれは胸に集中しているから、この大きな胸をたっぷりと昴の肌に擦りつけていく。そのたびに、無闇に育った巨乳がぐにぐにと形を変える。自分の胸がこんなに柔らかいのだと、紅葉は改めて思い知らされた。

「んっ……はぁ……ぁん……お兄ちゃん……お兄ちゃん……お兄ちゃん……♡」

頭がぼうっとしていく。眠る昴がたまらなく愛おしくて、身体を滑らせながらその顔に何度も何度もキスをする。自分が小さくてよかったと思う。そうでなければ、彼の上でこんなに大きく身体を動かせないだろう。

エーテローションのおかげで常に魔力が吸われている。そのせいか、まるで身体の境界線が消えているように感じた。昴の身体にとぷん、と潜っている気分だった。温かい布団のなかみたいに、温いお湯のなかみたいに、昴に全身で包まれている。

それでも、まだ魔力の供給が足りない。

――だったら……。

自分の最も紋様が集中している場所と、昴のそこを重ねてみよう。

紅葉はとっくに気づいている。昴の下半身が反応して、それはそれは立派になっていることに。見るまでもない。だってさっきから、身体を後ろに持っていくたびに、自分の股間にタオル越しのそれが当たるから。

身体を起こし、昴の腹上で、ローションの滑りを利用してくるりと身を反転（する際に紅葉の足が昴の頭上を通ったからもし兄が起きてたら全部見られてた）。背中を昴の顔に向けて、自分の視線は彼の下半身に。そして紅葉は見た。

立ってる。

テント張ってる。

――………すごい。

ごくりと喉が鳴った。紅葉はタオルに指をかける。一瞬だけ静止して、そして、

「えい」

めくった。

「うわ。……………………うわぁ」

初めて見る男性のそれは、なんというかグロくて、しかしどこか可愛いかった。あ、なるほ

ど、ツチノコ……言われてみれば……。

「ここは、え、どうなってるの……？　え、ああ、こ、こうなの？　こ、こういうこ、ことなの……？」

つんつんつむつむびろびろしながら男と女との違いについて探求を深める紅葉。こんなんでも一応、人類を守る魔女の一人である。

「確か、こうして……」

自分の胸を両手で持った。魔力が大きければ大きいほど胸も大きくなる――などと言われている。真偽の程は不明だが、事実として紅葉の胸は顔よりも大きい。

ゆえに、昴のそれを挟むのも容易だった。

「えい」

体を丸めて、胸の谷間に、昴自身を招き入れる。そして自分で胸を持ち、それをぴったりと包み込んだ。温かかった。びくんびくんと動いている。気持ち良い、のだろうか。そのまま、習ったように動かしてみる。まずは両方の胸を同時に上下に――途端、

「ふあああっ…………!?」

卑猥なことをしている恥ずかしさと、胸から吸われる感覚に、紅葉の喉が快楽の声を上げた。

――む、胸でするご奉仕が、こんなに気持ちいいなんて……！

次は、左右の胸を交互に動かしてみる。たぽちゃぽ、と鳴るローションの音がいやらしい。

胸の先端同士が擦れて、電撃みたいな甘い痺れが走った。

「ふぁっ……♡　はぁんっ……♡　あっ、やぁあ……♡」

本来、紅葉が教わったのは、昴の腰の下に座るやり方だ。昴の腹に跨がって彼の足の方に向いているいまとは、身体の向きが逆である。ゆえにこの体勢はひどく腰に負担をかけるものなのだが、

「あっ……はぁん……あっ、あっ、あぁっ…………はあああぁ……………………んっ！」

そんなもんは気にならないとばかりに、紅葉は実に簡単に胸で達した。

「はあっ……はあっ……はあっ……」

いけない、いけない、と紅葉は思う。これは治療行為で、奉仕なのだ。自分ばかりが気持ちよくなってはいけない。

ローション滑りを使ってまた反転し、昴の顔とご対面する。寝てる。寝てる、よね。起きてたらどうしよう。などと考えながら、昴の下半身――足の間に移動。彼の腰を上げて、自分はその下に正座する。ちょうど良い位置に昴のそれが来た。もう一度胸で挟む。

「お兄ちゃん……たくさん気持ちよくなってね……？」

当初の目的を忘れそうになっている紅葉だが、行為自体に変わりはないのでそのまま進行。

ぬちゃ、ぬちゃ、と規格外の胸で昴自身を挟んで上下に動かしていく。

ときおり、胸の谷間から覗く、昴の先端が可愛らしくて愛おしい。と思うと同時に、ちろ、と舌で舐めてみる。分泌された透明の液体は、聞いていた通りに苦くてしょっぱかったが、そ

れほど不味くない。どちらかというと好みの味だった。……恐らく魔力液も混じっているのだろう、だから魔女の自分は美味しく感じるのだ。そうに違いない。そうに決まっている。そうでなければ『男性の体液が美味しかった』なんてただの変態じゃないか。

「違うもん……。私は、変態じゃ、ないもん……」

たまらなくなって、昴のそれを紅葉は食べた。粘膜同士の接触は効率が良いためだ。いや本当だ。決して美味しそうだったからではない。

口の中にたっぷりと含んで、舌の紋様と重ね合わせるために、丹念に舐めていく。美味しい。

「はむ、あむ……ちゅう……ぺろ……んぷ……お兄ちゃん……おいひいよぉ……」

昴にはだいぶ魔力が回ったようだった。見ると、傷口が先ほどよりも目に見えて小さくなっている。この短時間で塞がりかけているのだ。

しかし、それでも、まだ魔力の供給が足りない。

――それなら……！

蛸のように茹で上がった紅葉の脳内で、最後の選択がなされる。

いくらエーテローションのおかげで魔力供給がスムーズとはいえ、所詮は『お肌の触れ合い』にすぎない。キスによる口と口での『経口摂取』の効果が高いように、生命を生み出す器官同士での『粘膜接触』が最も効率よく魔力の供給ができる。

乱暴に言えば、ヤっちまった方が早いのだ。

紅葉は、自分が手で握っている昴の男性自身を、まじまじと眺める。

ふと、今更な疑問が湧き上がった。

「え、これを、入れるの……？」

無理じゃない？

不可能じゃない？

無論、エルフの如く年を取らない七人の麗母たちから知識は得ている。姉たちと一緒に手ほどきもされている。が、これもまた当然のごとく、実際の経験はない。

こんなの絶対痛いに決まってる。

自分のそれに触れてみた。ぴっちりと閉じたそこは、とてもじゃないが昴のものを受け入れられそうにない。身体の一番敏感な部分にドリルを入れられるようなものだろう。死ぬ。

でも。

だからと言って。

――七星紅葉が七星昴を癒やさない理由にはならない！

胸に宿る決意。これは快楽を得るためでも、赤ちゃんを宿すための行為でもない。そう、これは昴を癒やすための戦いである。人類を守護する魔法兵器である自分が、勇気をなくして戦いを放棄するなどあってはならないことなのだ。

うん、と頷いて、紅葉は腰を浮かせた。膝立ちの状態になる。

「よいしょ……」

昴のそれを自分の秘部と当たるすれすれのところに持っていき、すーはー、と深呼吸し、これって睡眠強姦(ごうかん)にならないよね、などと心配しつつ、接続部分をくっつけようとした、その瞬間、

「もみ、じ……」

心の底から驚いて顔を上げた。昴が起きた今までの痴態(ちたい)を見られたやばいもう死ぬしかない兄を睡眠姦していたのがバレたりしたら――

「ん？」

しかし、そうではなかった。彼は眠ったままだった。眠ったまま、自分の名前を呼んだのだ。

「紅葉……俺は、約束を……」

忘れてない、と昴は口にした。眠りながら。

「お兄ちゃっ……！」

思わず手で口を覆う。全身が総毛立(そうけだ)った。胸いっぱいに熱い想いが込み上げる。涙が出るほど嬉しかった。あの昴が、大好きな人が、寝言で自分を呼んでくれた。約束を忘れてないと言ってくれた――！

直後、

「――あぐっ!?」

胸が痛んだ――比喩ではない。胸に埋め込まれた『水晶』がどくんと動き、紅葉を蝕んだ。

「うぐぅ……ぐっ…………ううう…………!!」

背中を丸め、胸を押さえて、痛みを堪える。顔中から汗が吹き出して、昴の身体に雫が落ちた。

だめだ、と思う。

こいつは――この水晶はきっと『感情の指向性』によって動きを活発化させる。もしこのまま昴と『契を結ぶ』ことができれば、自分は途方もない幸福感と愛おしさを得るだろう。

だが、それがまずい。

自分がこれ以上、昴を想えば、これは昴を殺してしまう。これは恐らく、そういうものだ。

「なんて、こと……！」

視界が滲む。悔しさで涙が出る。昴がいなければ、この場をヴァントで粉々に破壊していたに違いない。自分の決意を、自分の幸せを、好きな人の癒やしを、すべて他人のせいで諦めなくてはいけないなんて。悔しい、悔しい、悔しい、憎い、憎い、憎い、憎い、憎い、憎い憎い憎い憎い憎い憎い憎い憎い憎い憎い憎い憎い憎い憎い憎い――――許せない！

「がっ!?　ぐあああああっ!?」

これまでで最も大きく、胸がどくんと鳴る。息もできないほどの痛みが紅葉を襲う。苦しくて痛くて胸をかきむしる。昴の胸元に倒れ込み、声も出せないくらいの激痛に全身を支配されて、助けを求めるように彼の頬に手を伸ばした。すると、

「――紅葉」

眠る昴が呼んでくれた。

瞬間、痛みが嘘（うそ）みたいに引いていった。

「かはっ……はっ……はぁ……はぁ……はぁ……！」

兄の身体の上で息を整える。昴が助けてくれたように紅葉には思えた。このひとはいつだって、どんなときだって、自分を助けに来てくれる。

でも、

「お兄ちゃん……」

今のままでは、一緒になれない。昴と契（ちぎ）りを結べない。

昴の身体はだいぶ良くなっているようだった。魔力が充実し、銃創を包む光も強くなっている。その光は紅い色だ。紅葉の魔力光だ。紅葉の魔力で、昴は肉体を癒やしている。

「大好き、お兄ちゃん。大好きなの」

眠る昴にキスをする。涙が落ちて、彼の頬に雫が流れた。

その涙が乾く前に決意する。

何があっても、昴だけは絶対に死なせない、と。

☆　☆　☆　☆　☆　☆　☆

七星昴は目を覚ました。

ベッドの上、またも自分は裸で、しかも今度はパンツまで脱がされていて、いったい何がどうしたのだろうと思ったが、紅葉は頑なに「治療しただけ」と笑顔を崩さなかった。その手に持った濡れタオルと、自分の身体がちょっとヌメッとするのは関係があるのだろうか。

それはともかく。

「水晶の外し方を思い出したの。だから、もう大丈夫」

目が覚めて、紅葉からそう聞いた。

それだけ聞ければ良かった。

これでようやく終わったと思った。本当に、本当に、良かった。これで紅葉は助かるのだ。

記憶を奪われ、仲間から撃たれ、たった一人で逃げ出した紅葉が、これでようやく救われる。

「──良かった。本当に」

力が抜けすぎて地面に沈むかと思った。慌てた紅葉に支えられる。

「よく頑張ったね、紅葉」

心の底からそう思う。嬉しさと疲労で感極まって涙が出る。だから気づかなかった。

「それはお兄ちゃんでしょ」

そう言って微笑む紅葉の顔が、なぜか少しだけ、悲しそうだったことに。

「全部、思い出したのか？」

昴の問いに、紅葉は頷いた。

彼女から『経口摂取で』魔力を分けてもらい、とりあえず話せるくらいには回復した。

どこかの高校の保健室の小さなベッドに、紅葉と並んで座っていた。パイプのヘッドレストに二人で背をつけて。壁に寄りかかって。手を繋いで。

昴が気を失う直前、紅葉は言った。「あのとき貰ったものを」。それはつまり、記憶がない状態のときも、覚えているということだ。

――私のこと、忘れないでくださいね。

自分を「昴さん」と呼んだ彼女を、紅葉は覚えているんだな……。

どんな顔をしていたんだろう。隣に座る紅葉が、いたわるように昴の頬に手を当てた。

「――ありがとう、お兄ちゃん」

何度繰り返されたか。自分はその言葉に見合うほど、大したことはしていない気がする。自分だけではどうにもならず、公安や崇たち、果ては遺跡水晶にまで助けられた。

「私、昴お兄ちゃんに二回も恋しちゃった」

照(て)れながら紅葉が言う。

「こんな経験、滅多(めった)にないね」

握った手の甲(こう)を、紅葉の親指がくすぐった。

——それは俺もだ。

昴は思う。自分も、ずっと紅葉に会いたかった。

十二のとき、魔属の長男として陸軍に入ってからは、ほとんど会えなくなった。たまに魔女の直掩(ちょくえん)任務について、そこに紅葉がいれば魔力供給をするくらいだった。そのたびに成長していて、可愛くなって、それでも中身はほとんど変わってなくて、ずっと紅葉のままだった。だってそのたびに紅葉は言うのだ。少し照れながら、嬉しそうに笑うのだ。

「約束、まだ覚えてるよ?」

最後に会ったのは二年と半年前。分類(ディヴィジョン)1の、大量の小型界獣との戦闘時。狭い地形に入り込まれ、管轄(かんかつ)の魔女の到着が遅れ、現場近くにいた紅葉が救援に来た。彼女は十二歳だった。

一瞬だけだった。

魔女と界獣の、目まぐるしい光線の応酬(おうしゅう)のさなか。爆炎と轟音(ごうおん)の戦場で、一瞬だけ、目が合った。魔女の邪魔にならないように隠れていた——といえば聞こえはいいが、実際は巻き込まれないように必死だった自分に、紅葉はそっと微笑んだ。

――そしたらお兄ちゃんも、守ってあげるね。

幼かった紅葉の誓い。

あぁ、本当になっちゃったなぁと、汗と埃と土にまみれながら、苦笑いしたのを覚えている。

あの時は、彼女のおかげで部隊に損害が出なかったのだ。

それが最後。

初めて世界に絶望したあの任務の時も、一年と八カ月入院していた時も、ついに彼女とは会えなかった。

「さすがに、忘れられたのかと思ったよ」

「そんなことない！」

食ってかかる紅葉。

「忘れたことなんてないよ！　お兄ちゃんを忘れたことなんて！　……あった、けど」

でも、と紅葉は続けた。

「私、お兄ちゃんがどこにいるのか教えてもらえなかった……。お兄ちゃんの部隊が壊滅したって聞いて、お兄ちゃんが一人だけ生き残って、どこかの病院にいるって聞いて。ずっと、ずっと会いに行きたかったのに……！」

その目に涙が浮かぶ。

「二年前に所属が変わって、研究部になって……。祟お姉ちゃんも、向日葵お姉ちゃんも、夕陽も、誰も会いに行けないって聞いて……。お兄ちゃん、ひとりぼっちだって思って……！　お兄ちゃん、きっと苦しんでるのに、悲しいのに、それなのに一人じゃ、あんまりだったよね……！　ごめんね、お兄ちゃん、ごめんね……！」

「紅葉……いや、こちらこそ、その、ごめん」

自分のためにボロボロと泣いてくれる紅葉に、昴は胸がいっぱいになる。涙が引かない彼女を、どうにかこうにか慰める。

少しだけ落ち着いた紅葉が、涙を拭いて言った。

「いま考えると、お兄ちゃんが実験の魔女と接触したから、隔離してたんだね。私たちにも情報を漏らさないように。——次の被験者候補だったから」

「——胸の水晶か」

「うん。でも、もう大丈夫。思い出したから。……そんな怖い顔しないでお兄ちゃん」

遺跡の水晶に触れて、記憶が戻って、外し方がわかった。先ほど紅葉からそう聞いた。公安に保護してもらい、しかるのち、紫に切り取ってもらう。

「『紫陽花』で？」

「うん。カノーネじゃないと外せないみたい」

「俺のカノーネだと無理かな……」

「え、いや、その……ていうか、お兄ちゃん、まだ魔力使っちゃダメだよ。傷が開くよ」

「そりゃそうだけど。まぁ紫に任せた方が安心か。あいつの方が慣れてるしな、斬るの」

「漢字、違わない？」

ふふ、と笑う紅葉。

その笑顔に見惚れて昴は気がついた。自分はこういう他愛もない会話を紅葉としたかったのだ。紅葉と並んで、座って、寄り添って、その体温を隣でずっと感じていたいのだ。

これからも、ずっと。

「なぁ紅葉」

昴は言った。何の気なしに。あのときの風景が――屋敷の屋根上から望んだ、紅葉に染まる山間の木々が、目に見えるようだった。

「明日、一緒に帰ろう」

「――うん」

「そうしたら、約束を果たそう」

「え？」

「結婚しよう」

「あ……」

驚いた紅葉の頬が、朱色に染まる。俯(うつむ)いて、体を震わせて、涙を落として、ようやく顔を上げたときにはもう、満面の笑顔だった。

「――はい、喜んで」

紅葉の涙を指で拭(ぬぐ)って、昴は顔を近づけた。ここに至ってやっと彼は、自分から口づけをすることができた。彼女の唇は柔らかくて、涙で少し、しょっぱかった。

痛い――胸が、痛い。

傷の治療に魔力を回しているからだろう。昴はぐっすり眠っていた。

痛む胸を押さえて、彼を起こさないように、紅葉は、そっとベッドから降りる。……残念ながら、服は着たままだ。同衾(どうきん)しておきながら、そういう展開にはならなかった。まぁ、昴が気絶するように眠ってしまって、自分が勝手に添い寝していただけなのだが。

いい匂いだった。昴の匂い。身体と、魔力の匂い。嬉しすぎて全く寝れなかった。

痛い――胸が、痛い。水晶の埋まった胸が。

でも、痛いくらいに幸せだった。

自分は――七星紅葉は、明日、七星昴と結ばれる。

胸が、どくん、どくん、と鼓動する。高鳴るほど嬉しい。

電源を切っていた通信端末を取り出す。今の自分の、衣服以外で唯一(ゆいいつ)の持ち物。時刻は朝の四時三分。まだ、『今日』は始まったばかり。

――明日、一緒に帰ろう。

紅葉は頷いた。あの時はもう日付が変わっていたはずだ。苦しい言い訳なのはわかっている。でも嘘はついてない。明日になるまでに終わらせるから。今日で決着をつけるから。

紅葉の顔に悲壮感はない。あるのは魔女の覚悟と、魔属の誇り。

「行ってきます、お兄ちゃん」

眠る昴に告げた。そして自分にも約束する。

――死んだりしない。生きて、今度こそお兄ちゃんのお嫁さんになる。

からり、とサッシのドアを開ける。

『七星姉妹』が四女、七星紅葉は、黎明の廃墟へ、たった一人、出撃していった。

☆　☆　☆　☆　☆　☆

通信が入る。向日葵が携帯端末で応答すると、紫に目配せをした。

――夕陽ですか？

目で問いかけてくる姉に無言で首を振って、向日葵は答えた。嫌そうな顔で、棒読みで、

「研究部部長デアリマス。隊長ヲ出セ、と」

嘆息し、通信機を受け取る紫。

「七星、紫です。なにか」

「よぉ～紫ちゃん。オレオレ」

紫ちゃん、の部分で背中に寒気を覚えつつ、黙って先を促した。藤原のニヤニヤ笑いが目に浮かぶようだ。何が楽しいのだろう。

「ちょっと確認したいことがあってサ～。いや、俺って慎重じゃん？　どうしても紫ちゃんの意見が聞きたいんだよねぇ～」

紫の顔が険しくなる。自分たちに連絡もせず大規模大量破壊兵器を使用する人間のどこか慎重なのか。

「なんでしょうか」

「仮に、仮にだよ～？　オメェの魔法が暴走？　するとしてサ～。仲間や妹や大切な人を傷つけるかも、って思ったら、どうする？」

「一人前の魔女ならば、そんなことはあり得ません」

紫は切り捨てた。

「だ、か、ら、サ～、例えだよ、例え～。もうしょうがねぇなぁ。じゃ、頭が固い紫ちゃんのために、もっとわかりやすく言うか～」

兄の真意を見抜けず本気で斬りかかってしまった今の自分に「頭が固い」は禁句だ下郎。

ギリギリでその台詞を飲み込んだ紫。もう真面目に答える気は失せていた。

「イヤ～、前にこんなＳＦ小説を読んでな～？」

藤原が言う。

「もしも、自分の胸に『時限爆弾』が埋められて、好きな奴と一緒にいればいるほど、ドキドキするほど時計の針が進むとしたら、オメェはどうする？」

「――なにを」

言っているのか、そう答えようとして、固まった。

胸に埋められて？　爆弾？　好きな奴と一緒？

何の話だ、これは。

「そ、それは、どのような爆弾なのですか……？」

何の話なのだ、これは。

「そうだなぁ～。ま、派手なのがいいな。ホラ、紫ちゃんたちもこないだ見たろ？」

――『水晶子爆弾』。

戦慄した。

これは、紅葉の話なのか？　この男は、紅葉に何をしたというのだ？

通信機が、きょはっはっはっは、と笑う。

「胸に『水晶子爆弾』が埋まっててサ⁉　それが自分の恋⁉　でチックタックチックタック

水晶時計みたいに動いて、着火に向かってくのヨ〜。切ないよねぇ〜苦しいよねぇ〜」

藤原はそこで言葉を止め、溜めて、感情を込めて続けた。

「——美しいよねぇ〜」

魔力は精神力。魔法の源は魂だ。魂だと言うならば、それが感情に紐付いていても、おかしくはない。

「あ、あなたは、だから、まさか……わざと？」

わざと紅葉を逃したとでも？

紅葉を昴に会わせるために、わざとあの場所、『昴の住むマンションの手前』で追撃を打ち切って、昴が紅葉を助けるように仕向けたと？

「きょはっはっは！」

藤原は何も答えない。何も答えないで、ただ笑う。楽しそうに。面白そうに。

「あなたは……」もう隠しようがないほど、紫の声は震えていた。

「なんということを。許されるはずがありませんわ！　そんな非人道的なことを……！」

「だからサ〜？　とっとと捜した方がいいぜ？　ていうか、『非人道的な』って」

心の底から嘲るように、藤原が吐き捨てた。

「テメェら人間じゃねぇだろ。勘違いしてんじゃねぇぞボケが」

「——っ」

紫が思わず反論しようと息を吸う、その呼吸を見計らったかのように、

「『魔女狩り』の三女が、ガキどもの強奪を企てているそうだな？」

「なっ、ぜ……」

なぜそれを。

「あ、やっぱり？　きょはっはっは、チョロい、チョロいよぉ～紫ちゃ～ん」

――あぁぁ。

目の前が真っ暗になった。己の愚かさをこれほど呪ったことはない。

最初からそのつもりだったのか。気安い調子で話しかけ嫌悪感を募らせて、紅葉の話で揺さぶって、でも結局は、ただ紫たちに向けた嫌疑を確信するための。

後悔の念に囚われる紫の耳に、人が変わったように激怒した藤原の声が響いた。

「マヌケがッ！　ガキが調子に乗ってんじゃねぇぞコラぁ！　テメェらごときに俺が出し抜けるとでも思ったのかタコ！　いいか覚悟しとけよ、ガキ三人も七星紅葉と同じ目に遭わせてやるからなッ！」

――あの子たちを？　紅葉と同じ目に？　記憶を奪って胸に大量破壊兵器を埋めて、その心を弄ぶと？

「それが嫌ならとっとと七星紅葉を連れ戻してこい！　バカな兄貴をぶっ殺してな！」

それを聞いて。

紫はついに諦めた。

兄の代わりに当主に就いたはいいものの、やはり自分にその資格はないと悟る。浅はかな計略を練り、あまつさえそれを自ら漏らしてしまう失態。家族の危機を見逃し、さらなる窮地に追いやった、矮小かつ愚鈍な長姉――。

紫は諦めた。もういい、と思った。そして、

「――やって御覧なさい」


キレた。

自分の運命を、家族の命運を諦めたのではない。我慢するのを諦めた。長女として立派な振る舞いをすることを諦めたのだ。

もういい、コイツを殺そう。そう思ったのであった。

魔女の家系など知ったことか。この下郎にいつまでも汚らしい言葉を吐かせるなど、お上が許しても自分が決して赦さない。妹たちの規範、堂に入った魔属の長、そんなもの知ったことか。犬畜生にも劣るこの外道を放置しておくことこそ、世のため人のためにならぬ。

下衆がほざく。

「あぁん？　なぁにがやってみろだカスがッ！」

カノーネのように、言葉も刃にできればいいのに。

「何度でも言いましょう。やれるものならやって御覧なさい。第三世代『水晶武装』、そして『水晶子爆弾』開発の功績に免じて今まで黙っていましたが、もはや目に余る狼藉。ここまで愚弄されて黙ってはおれません。貴様は『魔属』の逆鱗に触れたのです。そこで震えて待ちなさい。今すぐその首、頂戴しに参りましょう」

「テメェ――いい度胸じゃねぇか。こっちは研究部――陸軍だぞ？　それを、」

「そちらこそいい度胸です。妹たちを人質にされた程度で我らが怖じ気づくとでも？　元よりこの身は武に捧げ、国家に捧げたもの。半人前といえどその魂は妹たちも同様。犬死に無駄死にが怖くて魔女が務まるとお思いか。先の大戦で獅子奮迅、鬼神烈火の働きをした魔属屈指の戦略攻勢集団『七星』を敵に回した恐ろしさ、その身で篤と味わうがいい。この下郎めが！」

啖呵を切って、通信も切った。

「…………」

頭を抱えた。

やってしまった。これでは無知蒙昧な兄と同じではないか。喧嘩ではないのだ。『裏山で遊ぶ権利』と『おんなの意地』を賭けて、仲が悪い隣山の魔属と姉妹総出で殴りあった昔のような「オイタ」では済まない。家族全員を巻き込んだ大事件だ。家督を継いでから、せっかく今までおとなしくしていたのに。

「紫ぃいいいいいいいいいいいいい！」

隣で通信を聞いていた向日葵が歓声を上げ喜色満面で抱きついてきた。その上、紫をひょいと持ち上げて楽しそうにクルクルと回る。高い高ーい。

「最っ高だよ紫ぃー！　惚れた、惚れ直したっ！　アンタはやっぱ最高の女だよ紫っ！　アタシは一生アンタについて行くよぉー！」

身長一八〇超の妹に高い高いをされながら、姉は憮然と命令した。

「おろしなさい」

「どうすりゃいい？　何すりゃいい？　なんでも言ってくれよぉ～」

今度は抱きしめて頬ずりする向日葵に、よしよしと頭を撫でて、「まず、おろしなさい」と繰り返した。

ようやく大地に立った紫が、着物の襟を直しながら言う。

「藤原正宗の実験、その全容を暴かねば私たちの負けですわ」

「暴けば勝ちなんだな」

「まぁ、そうですわね」

「で、まずはどうする？　三人娘を助けに行くか？」

「いえ、そちらは予定通り夕陽に任せましょう」

「じゃあやっぱり」

「ええ」

紫は頷いた。

「お兄様と紅葉を捜しましょう。紅葉が危険です」

そして動き出す。向日葵を引き連れて。

歩きながら、自分ならどうするだろうか、と紫は考えた。胸に大量破壊兵器を埋め込まれ、好きな人といればいるほど爆発の危険が高まるという。『水晶子爆弾』の性質上、魔力量が多ければ多いほどその威力は増大する。紅葉の魔力なら箱根演習場での爆発など比べ物にならないだろう。自分はおろか、周囲、数キロが塵と化す。その時、最も近くにいるのは、引き金となった想い人なのだ。

——私ならば、どうするだろう。

一緒に死んでと願う？　あるいは自ら命を断つ？　それとも——。

紫は、藤原には伝えなかった答えを、そっと心のなかで告げた。

自分ならば、一人で戦って死ぬ。自分をそんな目に遭わせた人間を、せめて道連れにして。

それが魔女の、魔属の矜持というものだろう。

紅葉はどうするだろうか。胸の水晶の意味を知った時、あの子は一体どうするだろうか。お兄様を慕って、想い続けた、あの子は。

自分と同じ答えになるような気もしたし、そうでない気もした。ただ、

――紅葉は絶対に、お兄様を巻き込まない。

それだけは、疑いようがなかった。

☆　☆　☆　☆　☆　☆　☆

勝手にキレられて勝手に切られた通信を終え、藤原正宗はタバコの煙を吐いた。

「きょはっはっは、いいじゃんいいじゃん。楽しくなってきたじゃんかよぉ～」

すると、別の通信端末が呼び出しを告げる。

それは、とある研究所からの通信だった。

「よぉどうした？　あぁ、ガキどもが連れてかれた？　『魔女狩り』の特務権利で？　好きにさせとけ。何言っても無駄だ。それから、七星家が敵に回った。敵だよ敵。四女をモルモットにしてたのがバレたんだヨ。いや、七星は反逆扱いにはならねえだろうなぁ。当主に黙って実験してたのこっちだし。すっげーの。時代劇みたいにキレてたぜ。はっはっ！

あぁん？　対抗手段？　あるわけねぇだろ。二年前にガキの魔女一匹始末（しまつ）するだけで、機甲（きこう）部隊合わせた特殊部隊が一〇〇人殺（や）られてんだぞ？　七星紫と向日葵を止められる奴なんざ、魔女だってそうはいねぇよ。ったくよぉ、こうならないためにウチに引っ張ってきたっつーのによぉ～。

あ、そうだ。公安の佐倉に張り付かせてた奴らぁどうなった？　全滅？　生きてんのか？　かぁ～マッジかよ使えねぇ～。それじゃ実験内容、喋ってるかもしれね～じゃん。あ？　狼狽えてんじゃねぇよボケ。後は結果を出したモンの勝ちだ。こっちは人類を救うって大義名分があるんだからよ。七星紅葉を使ってそれを証明すれば問題ねぇんだ。そっちの撤収状況はどうなってんだ。モルモットが向かってんだろ？　間に合わなくても知らねーからな。オウ、オウ、記録だけは付けとけ。爆発後も周囲三キロ圏内には近寄るんじゃねぇぞ？　巻き込まれっからヨ。オウ、俺も現地入るからヨ。じゃヨロシク～」

長い通信を終えた藤原が、きょは～とため息をつく。

彩奈を追っていた部下は全滅。しかも捕まって、実験のことを喋っている可能性が高い。

手駒の実行部隊は、箱根遺跡でほぼ壊滅した。

七星紫の逆鱗に触れ、いつ殺しに来るかわからない。

三人娘は連れ戻され人質は消えた。『魔女狩りの魔女』も恐らく研究部に介入してくる。

七星昴は結局、喰われることなく生き残り、しかも魔法の力にまで目覚めている。

だが——七星紅葉の記憶が戻り、研究所へ向かい始めた。

その点だけは予定通りだった。予想外のことが多すぎたが、人生はこれくらいのスリルがなくちゃつまらない。

ひりつくような緊張感。いいねぇ、と藤原は思う。戦場以外で感じることができるとはね。

藤原は通信を開いた。正規軍のそれではなく、アングラなものだ。

「よぉ～、オレオレ。待ちに待ったお約束だぜ～？」

最後の指示を伝えると、相手から色めきだった声が届く。

ガキ一人、そんなに楽しみだったのか、と藤原はニヤニヤ笑った。確かにありゃ、生半可なデカさじゃねぇからな。紫煙をふかして、その持ち主を思い出す。

――決着といきますか、紅葉ちゃん？　壊されないよう気をつけナ？

この期に及んで、いったいなにが楽しいのだろう。

きょはっはっはっは、と笑いが止まらなかった。

☆　☆　☆　☆　☆　☆

紅葉はすでに、思い出している。

研究部に捕らえられていたあの時、処置室の隅で、藤原と研究員が話していたことを。毒を盛られて魔法が使えず、麻酔で眠る寸前の朦朧とする意識のなか、確かにそれを見た。聞いた。

――モルモットの時限爆弾、止める鍵は……これか？

藤原がカードのように小さな水晶板を持っていた。確かにそれは、いま、自分の胸にある水晶とよく似ていた。それが発する魔力も、覚えている。見ればわかる。

その鍵は必要だったはずだ。胸の水晶が爆弾であるならば、そのトリガーが強い感情であるならば、自分はあの時、『怒り』でいつ爆発してもおかしくなかったのだから。

感情の指向性。

感情が——好きという想いが強ければ強いほど水晶体は活性化する。そう確信していた。

昴を想うと、胸が痛い。水晶の埋まった胸が。

でも、痛いくらいに幸せだった。

自分は——七星紅葉は、明日、七星昴と結ばれる。

胸の水晶が、どくん、どくん、と『脈動する』。嬉しく思うほど、『高鳴って』しまう。

だからこれ以上、一秒でも一緒にいたらいけない。自分はどんどん七星昴を好きになっていく。もうこれ以上、あの人のそばにいるわけにはいかない。

自分が昴を殺してしまうから。

水晶はカノーネで外すことができる。それは遺跡水晶に触れたとき、『水晶炉』に教えてもらった。昴も会ったというあの『男の子』。小さい頃の兄にそっくりだった。あまりの可愛らしさに思わず抱きしめそうになった。自分と話しやすいから、という理由でその姿を借りたらしいが、ショタ昴に興奮してしまい、集中するのに苦労した。食べてしまいたい。

昴はその後、別の少女に会ったという。誰だったのだろう。

ともかく胸の水晶だ。紫ほどの手練れならば、紅葉の身体に傷一つつけず摘出することなど造作もないはず。だが、それには落とし穴がある。ショタ昴によると、水晶の防御が働くという。もし紫が切ろうとすれば、彼女のヴァントを貫いて水晶が紫を襲うだろう。そもそもいつ爆発するかわからない。家族を巻き添えにするのは避けたい。だから水晶の動きを一時的に止める必要がある。そのための鍵がここにあるはずだ。紅葉が手術を施された——この研究所に。

帝国陸軍研究部・足柄研究所。

海岸線のごく近く、廃墟となった街に一つだけポツンと置かれた、真新しい施設。紅葉が拘束され、人体実験を受けた場所。すでに夜は明けていた。朝靄と潮風に包まれて、その正門に立ち、建物を睨みつける。

一人で来たことを昴は怒るだろうか。怒るに決まっている。なんて言い訳をしよう。

昴のことを考えるたび、胸の『脈動』が速まる。まるで、何かが生まれるような——。

敷地内に入る。駐車場と広場を抜け、施設の扉を開いた。

☆　☆　☆　☆　☆　☆

——速く、速く速く速く！

紅葉が消えた。どこにもいない。

昴が目を覚ました時、紅葉の姿はなかった。あの会話の後、いくつか彼女と言葉を交わし、笑い合い、幸せを噛み締めて、気を失うように眠りに落ちた。紅葉が寄り添って、頭を優しく撫でてくれたのが最後の記憶だ。

保健室を捜し、校舎内を駆けずり回り、屋上まで上がっても、紅葉はどこにもいなかった。昇り切った朝日に照らされ、昴は必死であらゆる可能性を考える。連れ去られた？　不自然だ。紅葉はもう、魔法を完全に思い出している。向日葵の『山をも溶かす』熱線を鏡のように跳ね返すほど防御に長けた魔女なのだ。ではなぜだ。なぜ紅葉は、一人でいなくなってしまったのか。昨日の会話を思い出す。水晶――水晶を外すには、誰の協力が必要だと言っていた？

「――お兄様！」

その声に振り返る。ビルとビルを飛び越えて、紫が向日葵と共に昴の前に着地した。

相手の言葉を待たず、二人は同時に問う。

「紅葉はどこだ！」

「紅葉はどこです！」

そして、二人同時に言葉を失った。

「紫、どういうことだ、俺は、」

「お兄様、落ち着いて聞いてください。事態は一刻を争います。紅葉の水晶、あれは、」

刹那。三人の、魂とも言うべき魔力の根源が震えた。とてつもない悪寒と、絶望にも似た暗い感情が全身を這い回る。七星家の長男、長女、次女。三人の『魔属』の絆が、言いようのない『嫌な予感』を感じたのと、

「――紅葉」

遥か彼方の海岸で激しい閃光が弾け、全てを飲み込むような火球と黒々とした雲が昇っていくのは、同時だった。

昴が何かを叫んで屋上の柵に手をかけた瞬間、衝撃波が三人を襲った。大したことのない、ただの余波だ。そのはずだった。だが展開されたヴァントから感じた手応えの強さに、向日葵が愕然とする。遠距離砲撃を得意とする彼女は、この類の衝撃に人一倍敏感だった。

――十数キロは離れているんだぞ。爆発の余波だけでこれなら、爆心地は……！

いや、そもそも。あの光が、熱が、炎が、紅葉から生まれたものなら、妹は、もう、もう、生きては――。

「……遅かったですわ」

呆然と呟いた姉の言葉が耳に入る。遅かった、遅かったのか。自分たちは。

突風が収まり、それでも動けない向日葵。だが、彼は違った。昴だけは動いていた。Dスーツの背中にノズルを展開したのが見えた時にはもう、七星昴は弾丸のように飛び去っていた。

「お兄様！　――向日葵！」

飛翔した兄を見て、ショック状態から立ち直った姉が向日葵を呼ぶ。返事も待たず、答えもせず、二人は兄の後を追って跳躍した。

――速く、速く速く速く速く！

後先を考えず、無我夢中で昴は飛んでいた。ノズルの一秒インターバルも挟まない。ヴァントで全身を覆い、空気抵抗を最小限に抑える。かつ、ノズルへ風を流し、外気で強制的に冷やして熱を抑える。走行風でエンジンを冷やす『空冷式』と呼ばれる技術を、思い出すでもなく、考えるでもなく、本能で行っていた。身体が勝手にそう動いていた。無意識だった。

否。ならばそれは本能などではなく、才能だった。

――遅い！　遅い遅い遅い！　もっと速く！

昴が元来持ち得た才能――機械を使う才能。それに、最後の魔女『紅璃』から授かった魔法の才能を組み合わせ、戦闘用Dスーツを航空装備に作り変えていた。あの遺跡水晶に触れ、魔法の力を得た時、昴は魔泡盾と断界魔砲の正体を知った。魔法の正体を知った。

この世界には、目に見えない魔法の粒子が存在している。

それに魔力を通して実体のない『光膜（こうまく）』を創（つく）るのが、魔泡盾（ヴァント）。

それに魔力を通して実体のある『水晶』を創るのが、断界魔砲（カノーネ）。

大気を雪のように漂う粒子の光。これが全て、魔法を構成する光。魔法の粒子。

いま、やっと視（み）えた。紅葉のもとへ限界を越えて飛ぶこの瞬間、ようやく『魔法の才能』が昴と嚙み合った。

その粒子は、魔力を通さなければ視認（しにん）できない。魔女にすら見えない。だから、ヴァントやカノーネが虚空（こくう）から現れるように見えるのだ。ガスに色をつけると目に見えるように。

昴はそう理解した。紅葉が鏡のようにヴァントを使うのも、紫が刀（かたな）のようにカノーネを使うのも、同じ原理だと理解した。

だからできると知っていた。知っていることさえ自覚せず、ただ、飛ぶためだけに創り変えた。紅葉のもとへ、一秒でも早く辿（たど）り着くために。

——速く！　速く速く速く速く速く！　もっと速く！

背部ノズルの周りに、水晶が組み上がる。かつて形見のナイフでやったように、噴射装置をカノーネで強化し、巨大化させ、大出力の水晶エンジンに変貌（へんぼう）させていた。背中だけでは足りない。肩や、足裏（あしうら）、足首、腰にもノズルを出現させる。全身を覆っていたヴァントに水晶を這わせ空力（くうりき）を得ると、航空機を模した形状へと創り変えた。腰につけたままだったバイザーを装着し、飛翔時に必要なデータを算出。発掘技術を応用した優秀な万能（ばんのう）補助装置は即座に高度や速度を計測し、ＧＰＳからマップを呼び出し三次元表示でナビゲーションを行う。

その時、昴のＤスーツには大小合わせ五十四のノズルが展開。全身から機翼を生やし、すでにその姿は人間のそれではなかった。

魔女が、魔法兵器だというならば。

それは、機動魔装とでもいうべきモノだった。

ヴァント跳躍による魔女の高速移動は決して遅いものではない。むしろ、道路という制限がない分、短・中距離ならばヘリにも迫る移動速度だ。紫や向日葵も魔女として一人前である。決して遅くはない。だが、追いついてはいなかった。それどころか、みるみる離されていく。

魔女ではない人間が魔法の力に覚醒し、強化防護服を変化させて魔女を置き去りにする。

己自身でも気づかぬまま、昴は新たな領域へと足を踏み入れていた。それが『人類を滅ぼす』可能性を秘めていても。ただ愛しい人のために。

昴は飛ぶ。

☆　☆　☆　☆　☆　☆

昴が閃光を目撃する、およそ五分前。

しばらく建物の中を探索していた紅葉だが、迎撃がない。明らかにおかしい。人の気配がなさ過ぎる。ついさっきまでいたような形跡はあるのに、一人もいなくなっている。

——私という爆弾が来るから、逃げたのか？

紅葉はそうも考えた。だが、どのみちやることは決まっている。胸の脈動を止める鍵——水晶板を探すのだ。

そして、その部屋へ辿り着いた。

手術室だった。否——実験室だった。天井には多量の照明が設置され、片側にはカーテンの締め切られた窓がある。モニタやワゴンなどの設備が、中央に置かれた処置台を——あるいはその拘束具を、取り囲んでいた。

紅葉が水晶を埋め込まれた場所。ここに手足を縛られて。自由を奪われて。

今さら、恐怖が蘇ってくる。

あの時ほど人間を怖いと思ったことはなかった。魔女は兵器。それは自覚していたつもりだった。だが甘かった。認識が圧倒的に足りなかった。自分を『処置』した職員たちの、実験動物を観察するような、あの目。自分は本当に物体として扱われ、一切の自由もなく、意思を奪われ、彼らの玩具になるのだと直感した。界獣も怖かった。けれど、人々を守るという信念があった。戦場も怖かった。けれど、共に戦う仲間たちや、援護してくれる部隊の人がいた。ここにはそんなものは一切なかった。自分の身体を他人に弄られるだけだった。あの時感じた本能的な恐れは、生まれてきたことを後悔するに足りる絶望があった。

どうして、こんなことができるの？

どうして、あんなことができたの？

身体が震えている。足が震えている。胸の水晶が震えている。だめだ、ここは怖い。こんなところに長くはいられない。あの鍵の魔力はここから感じたのだ。さっさと見つけて、

『——そんな都合のいい鍵なんて、あるわけねぇだろボケが』

心臓が跳ね上がった。突然どこかから声がした。通信だ、頭ではわかっていても呼吸が整えられない。どこだ、どこにある。——あった。ワゴンに置かれていた。全て取り計(はか)られたかのように置かれていた。処置用の器具。銀色の細長いピンセット。ステンレスのバット。先の曲がったハサミ。何本もあるメス。ガーゼについたこの赤は、ねぇ、この赤(あか)は、私の血なんじゃないの——？

それらの横に探しものはあった。カードのような水晶板。でもどうして。

どうしてそこから、あの男の声が聞こえるの？

震えが止まらない。

水晶板を持つ、その手の、震えが止まらない。魔力を感じる。あの時見たものと同じ。

でも、これじゃない。

これはただの、通信機だ。水晶武装(クリスタ)にも応用されている、ただの水晶通信機だ。胸の脈動は何の反応も示さない。じゃあ、なんだったの？　まさか、まさか、自分が記憶を辿ることを見

越して、嘘を見せていたの……？

何のために？

この水晶板は、胸の爆弾を、制御するためじゃなかったの？

『制御？　んなもん必要ねぇ。テメェが研究所で爆発しなかったのは『爆弾じゃなかったから』だ。――そもそも、テメェに爆弾なんざ埋めてねぇ』

通信機が喋る。心の底から愉悦するように、心の底から侮辱するように。

――じゃあ、胸のコレはなに？

『そこで種付けしてた頃は、まだ育ってなかったんだよ。『ソレ』がな。『ソレ』は魔力を喰う。テメェの魔法が使えなかったのは、俺らが記憶を奪ってやったからだが、それだけじゃねぇ。『ソレ』に吸われてたんだよ。おかしいと思わなかったか？　魔力の消耗が激しいと感じなかったか？　七星家随一の魔泡盾の使い手が、いくら弱ってるとはいえ、水晶武装の弾丸ごときに防御を貫かれんのか？　界獣相手に断界魔砲を一発撃っただけで、魔力切れに陥るか？　さてここで問題だ。いいか、頭をフル回転させて考えろヨ？　俺が懇切丁寧にテメェみたいなモルモットに説明してやってるのは何のためだ？　あぁん？　じゅうーきゅーはーち、ホラ、早く答えねぇと負けだぜ？　早く理解しねぇと取り返しがつかねぇぜ？　あぁん？　そうだよ、わかったか？　まだわかんねぇのか？　せいぜい壊されないように気をつけろよ？　防御は得意なんだろ？　テメェをこの場所へ誘い出し、ヴァントによる跳躍で逃げられぬよう檻に閉じ込めたのは何のためだ？　その水晶板は通信機の役割があるが、通信できるってことはその位置も正確に特定できるってことだな？　胸の『ソレ』には余計な機能を付ける容量がなかったが、その水晶板がありゃあ問題ねぇよな？　――オウ、時間だ。教えてやるぜ。待たせたな。

正解は、位置情報による照準を正確にするためと、爆弾が投下されるまでの、』

――時間稼ぎ。

かたかた、と部屋が揺れた。何の気なしに見た窓が次の瞬間吹き飛ぶ。攻撃。考える前に自動でヴァントが展開。衝撃波と共に、肌が燃えるような熱と信じられないほどの圧力に襲われる。重い。断界魔砲じゃない。ただの爆弾にしては重すぎる。瞬時に悟った。『水晶子爆弾』だ。窓から入ってきた爆風が襲いかかる。反射的に正面の魔力を厚くすると即座に背中から強烈な衝撃がやってきた。壁に跳ね返った圧力波。コンマ一秒に満たない背後からの不意打ちに肺の空気が全て吐き出される。建物内で圧力を増した衝撃波に身体が押し潰されて思わず息を吸うと喉が焼けそうに熱い。熱い。熱い熱い熱い熱い熱い熱い熱い。熱い。目が見えない。潰れる。眼球が、肺が、心臓が潰れる。重い。息が。苦しい。だめだ。だめだ。だめだ。だめだ。だめだ。耐えられない。もう。諦めちゃ。だめだ。

嫌だ。こんなの。もう。我慢したくない。

生きなきゃ。耐えて。

死にたい。死ねる。すぐ死ねる。ヴァントを解除すればすぐ死ねる。

お兄ちゃん。

熱い。熱いよ、お兄ちゃん。

だめだ。頑張れ。諦めるな、頑張れ。

死にたい。

お兄ちゃん。

昂お兄ちゃん。ごめんなさい。

だめ。会うんだ。生きて。

耐えられない。全身に火が付いたみたいに。

もう一度。会って。

助けて。もう嫌。

お兄ちゃん。

昂——。

紅葉の葛藤(かっとう)した時間は、ほんのわずかなものだった。
生きながら、焼かれ、潰される苦痛。それに耐えかねた彼女がついにヴァントを解きかけたその時、施設は激しい熱で溶け、爆風で崩壊(ほうかい)した。床が崩れ、融解(ゆうかい)して、もはや思考する余裕もなく、ただ愛しい人の名前を呼んで、紅葉は暗い暗い闇(やみ)へ落ちていった。

☆　☆　☆　☆　☆　☆　☆

それからすぐのこと。爆心地のほど近く、廃墟を走るバンがあった。その中にいる人間は六人。藤原正宗の雇った『傭兵』が五人。『その他』が一人。

『傭兵』五人のうち、一人は運転席でハンドルを握っている。残る四人は、広い後部荷台で、縛られて身動きの取れない『その他』の一人を取り囲んでいた。

その一人は、性別は女性で、年齢は十五歳で、黒髪のツインテールで、胸が頭ほど大きくて、ブレザーでブラウスでキュロットスカートでオーバーニーソックスでコンバットブーツで、種別は魔女で、家系は魔属で、水爆クラスの爆発の直撃を受けてもなお無傷で、しかしその防御のために魔力切れを起こして、虚脱状態に陥って、縛られなくても指一本動かせず声も出せなくて、七星家の四女で、つい数時間前に七星昴と婚約したばかりの、七星紅葉だった。

車内は、期待に満ちた独特の雰囲気が漂っていた。その様子を映像通信で見ている藤原正宗が、通信機の向こうで、きょはっはっはっはっは、と楽しそうに笑う。

「間に合わなかったねェ、お兄ちゃん？」

紅葉が目を覚ますと男たちが自分を見下ろしていた。

そのギラついた視線にこれから何をされるのか瞬時に悟る。

脳裏を恐怖と絶望と後悔が駆け巡っていった。どうしてきのう昴と契っておかなかったのだろう。どうしてさっきあの爆発で死んでおかなかったのだろう。震動と音から走行するクルマの中だとわかる。怪我はないが魔力切れだ。身動きが取れない。指一本動かせない。思考を巡らせる。魔力をなくした魔女がどうなるか。どんな目に遭ってきたか。周りを取り囲む手下の一人が紅葉の胸を摑んだ。それが合図だったように乱暴で無遠慮な大勢の手が彼女の身体をまさぐり始めた。大好きな昴が用意してくれた服と下着の中に、見知らぬ人間の汚い指が入ってくる。全身に虫という虫が這いずりまわるようなおぞましい感覚。身体の自由が利かないのに、びく、びく、と触られた反射だけはする。

手下のナイフが紅葉のブラウスを下着ごと切り裂いた。無闇に育った二つの乳房が外気と男たちの視線に晒される。下卑た歓声が沸いた。剝き出しの性欲がザラザラとした感触を伴って、紅葉の身体へ一心に向けられる。あまりの嫌悪感に背筋が震えた。自分の肉体が奴らを歓喜させたことを、紅葉は心の底からおぞましく思った。

スカートをめくられた。中がキュロットだとわかると、男たちは舌打ちして下着ごとスカートをずりおろしていく。まるで眠っているかのように自由の利かない下半身がされるがままに跳ねた。スカートを放り捨てられ、ショーツは抜き取られないまま右足首に絡まって、紅葉の身体を守るものは、ついにブーツとオーバーニーソックスだけになった。

露（あらわ）になった太ももに舌が這わせられる。

指が食い込み形が変わるほど強く胸を揉（も）まれる。

紅葉の全身には、魔力切れを現す『白い紋様』が浮かび上がっていた。

荒い吐息（といき）と、優越感に満ちた笑い声を上げながら、男たちは言う。

魔力を消費すると性欲が盛んになる。俺たちはそれを知っている。何度もやってきた。安心しろ。お前も他の魔女みたいに、楽しませてやる。楽しませてやる。楽しませてやる。

頭が煮えくり返るようだった。

勝手なことを言いやがって。お前らはいつもそうだ。自分たちの都合で私たちを使役（しえき）して、したり顔で「君たちのためだ」なんて言葉を吐く。母を、姉を、妹を人質に取っておきながら、何が私たちのためだ。私から記憶を、お兄ちゃんを——七星昴を奪っておいて——。

悔しくて悔しくて、涙を流していた。視線だけで「殺してやる」と訴えたが、それが逆に男の嗜虐心（しぎゃくしん）に火を点（つ）けたらしい。晒した胸を乱暴にこねられながら頬を舐められた。

「お前のアニキの代わりをしてやろうってんじゃねぇか。嬉しいだろ？　あ？」

視界が真っ赤に染まる。『生まれて初めてと言ってもいいほどの激情』が、『燃え盛るような怒り』が紅葉の全身を包んだ。それが『トリガー』だった。

誰がお前らなんかに触ってほしいものか。私を自由にしていいのは七星昴だけだ。

とす、と小気味（こきみ）の良い音がした。

「——あ？」

音は、男が紅葉の胸の谷間にソレを発見したのと、同時だった。彼の額には角（つの）が生えていた。

それは紅葉の胸まで繋がっていて「んだこりゃ」——否。角ではなく、

「——あ？」

紅い魔女の胸に取り憑（つ）いた『水晶』の杭（くい）が、男の脳を串刺（くしざ）しにしていた。

彼は首を動かそうとするが、固定されていて不可能だ。視線だけを向けると、自分と共に女を取り囲んでいた仲間たちが、運転手までもが、自分と同じように頭を貫かれているという事実に気がつく。ついでに絶命していることも。更に、自分もそうなるであろうことは残念ながら考えが及ばぬまま、彼の眼球は動きを止めた。

それは出来の悪い彫刻（ちょうこく）のようだった。

横たわる一人の少女に群がる男たちが、彼女の胸から突き出た杭によって、めいめいに額を撃ち抜かれ、ぴくりとも動かない。事故防止装置によって緩やかに速度を落とすバンのなかで、彼らは完全に停止していた。

だが——杭は動いた。どくん、どくんと。男たちから何かを吸い始める。

最も近い表現は、吸血だろうか。しかし、体に入った杭から全身をドロドロに溶かす液体を

分泌し、対象の『体液』を全て吸い上げた後、しわしわになった皮までも余さず吸い取り『魔力へと変換する』それは、果たして吸血と呼べるだろうか。

——界獣による食餌。

それ以外に、表現のしようのない光景であった。

それを紅葉は、怒りの冷めた、呆然とした表情で見ていた。身体中に蔓延っていた気色悪い感触が一斉に引いていき、あとには何も残らなかった。

だが。

何も考えられない——感じなくていい幸せな時間は、あっという間に終わりを告げる。

瞬間、己の身体に訪れる変化を悟った。その兆候を絶望の思いで感じ取る。そうして誰にともなく懇願する。

やめて、やめて、やめて。

お願い、来ないで。

私の中に、入って来ない——手下たちの魔力が流れてくる。いやだ。おぞましい感触が身体の内に入り込む。あの男たちの魔力が紅葉の隅々にまで広がっていく。生々しい体温が、匂いが、手触りが、紅葉の身体をどろどろと侵していく。細胞が全身全霊で拒絶する。強烈な嫌悪感を覚えながらも、のたうち回ることすら許されない。吐きたいのに泣きたいのに叫びたいのに、身体がどうしても思い通りにならない。動かない。もう許して。視界が黒くなっていく。どうしてこんな思いをしなければならないのだろう。心が冷えきっていく。どうしてあの時、死んでおかなかったのだろう。体の感覚がなくなったのに、汚らしい感触と吐き気だけは収まらない。魔女に生まれたからだろうか。兵器に生まれたからだろうか。自分が生まれたからだろうか。生まれさえしなければ、こんな苦しみを味わうことはなかったのだろうか。こんなに汚れることもなかったのだろうか。ただ疑問だけが浮かぶ。声にならない言葉。言葉にすらならない感情の走り。

　どうして？

　どうして？

　どうして？

　どうして私が、こんな目に遭わなければならないの？

「――人間が、お前を裏切ったからだよ」

　どこかで声がした。

「――お前が、人間を裏切ったからだよ」

　優しさの欠片(かけら)もない、思いやりなんてどこにも感じられない、ただ嘲(あざけ)るだけの声。

「そもそもな――」

ただの悪意。

「テメェなんか人間じゃねぇんだよ。化け物」

胸の内で、何かが弾けた。

紅葉の身体に巣食っていた何かが、泣けない彼女の代わりに咆哮を上げた。

☆ ☆ ☆ ☆ ☆ ☆

その様子を装甲指揮車の中から中継で覗いていた藤原は――笑っていた。哄笑していた。

「きょはーはっはっはっは！　はーはっはっはっはっはっは！」

あぁ～たまらねぇ～。人生の喜びは全てこの瞬間にある。馬鹿な人間を騙すこの快感！　なあ～んにも知らないガキどもを使って使って使い潰す優越感！

「はぁ～～～～生きてて良かったぁ～～～～～～～」

藤原政宗は、この瞬間のために生きている。

「さ～て、と。『魔力が枯渇状態での、激しい感情』――これが『孵化』の条件か。そしてトリガーは、『怒り』。なるほどねぇ。愛情だけじゃ足りねぇってこったな」

きょはっと笑う。

魔女を母体にして産ませた、人間が制御する『玄界獣』。

それが、藤原政宗の主導する研究の正体だった。魔女に水晶を埋め込んで威力を増した程度の爆弾では、人類は救えない。だが、『玄界獣』ならば、『界獣』どもを殺せる。そして魔女は、魔力を与え続ければいくらでも『玄界獣』を産み出す。人間の制御下で。

「そうだな……。『ジェヴォーダン』とでも名付けるか」

きょはっと笑う。

できれば、あの目障りな兄を喰わせてやりたかったが、まぁ仕方ない。『変わり果てた妹との感動の対面』も楽しいショーになりそうだ。

「殺す前に揉ませてやる、言った通りだろ？　オメェらを殺す前に、ちゃんと揉ませてやったぜ？　ごくろうさん、最高の働きだったぜ、ゲスども」

餌にした傭兵に向けて、藤原にとっては最大の賛辞を吐いた。

「さぁて、総仕上げだ。『人類を救う』ために、一肌脱ごうかね。きょはっはっはっは！」

第七章　星の魔女

——るぅおおおおおおおおおおおおおおおおおおおおおおおおおん。

紅葉が泣いている。

機動兵器と化した昴がその上空に辿り着き、紅い界獣を目にした時、彼はそう直感した。

ディヴィジョン4クラス、全長七三メートルの巨大な『ヒュドラ』。全長の半分を占める巨大な胴体から、何十本もの紅い蛇の首が伸び、蠢いていた。辺りには、蛇の口から生み出されたトカゲのような六本足の小型界獣が何体も徘徊している。その母体となったヒュドラが、恐ろしくも悲しげな咆哮を上げた。

その叫びは、紅葉のものだった。確信があった。家族の契約を交わしたからだろうか。今の自分が紅葉の魔力で満たされているからだろうか。自分に魔法の粒子が視えるからだろうか。理由はわからない。けれど、そんなことはどうでもいい。

紅葉が泣いている。

あれは紅葉なのだ。

あれは、紅葉が界獣になった姿なのだ。

胸の水晶は、このためか。これは、あんまりじゃないか。

魔女がいったい何と戦っているのと思っているんだ。何を守るために戦っていると思っているんだ。界獣と戦うためだ。人間を守るためだ。さんざん戦わせて、守らせて、犠牲にして、使い尽くした挙句、この仕打ちか。

紅い界獣が、上空で静止する昴を見た。

「お――――――――っ！」

悲痛なほどの叫び声を上げた。昴にはそれが、再会したばかりの紅葉が吠えた叫びと同じように聞こえた。心を引きちぎるような叫びだった。魔女にさえ生まれなければ。こんな力を持って生まれなければ。生まれなければ。生まれなければ。みんなしんでしまえ。みんななくなってしまえ。みんな、みんな。

この世に生まれた後悔と、この世に生まれた全てのものに怨嗟を吐き続ける、紅い魔女だったもの。

その紅い界獣の前に立つ男がいる。

「――よぉ、人類最強」

まるでヒュドラを従えるかのように、昴を悠然と見上げるその男。

「藤原(ふじわら)、正宗(まさむね)……！」

昴と目が合うと、奴(やつ)は邪悪な笑みを浮かべて片手を上げた。よぉ、おひさしぶり。

昴の住むワンルーム一年分の家賃と同じくらいの値段がするスーツを嫌味なく着こなし、タレ目で長髪で無精髭(ぶしょうひげ)で、常(つね)に笑っている、この事件の元凶。

「これが俺の力だ」

藤原が言った。

「感謝しろよ？　俺の力で人類は救われる」

さも愉(たの)しそうに、両手を広げて、滔々(とうとう)と語る。

このままでは界獣によって人類は滅ぶ。魔女の数が足りないのが直接的な要因と言われているが、そうじゃねぇ。界獣の数が問題なんだ。単純に、人類に戦力が足りねぇだけだ。だが、それを覆(くつがえ)すための可能性がここにある。魔女で実験を繰り返し、発掘技術(オーバー・テクノロジー)と水晶の力を使い、ここに一つの結果を生み出した。『玄界獣(ジェヴォーダン)』だ。魔女の魔力で産み出した界獣──『玄界獣』なら、人類の天敵たる『界獣』どもを殺し尽くせる。なに、心配はいらねェ。魔女は人類のために界獣を倒す存在だ。自分が直接戦うか、玄界獣を産み出すか、その違いしかねぇ。これからも、人類のため、戦う力のない民草(たみくさ)を守るために、役に立ってもらうぜ。

「──つまり、後ろのコレは、魔女を原料に、水晶で造(つく)った『生体兵器』ってわけだ！」

ヒュドラの前に佇(たたず)む藤原が吠える。奴の叫びに反応したように、紅い界獣の周囲に水晶が生ごふ、と血を吐きながら、ただ悲しい叫びを上げる界獣へ告げる。

嬉しそうに笑う藤原。だが昴は、その存在をもう、無視していた。

「愛しの妹に喰われて死にやがれッ！　マヌケがッ！」

まれ――そこから伸びた一本の槍が、昴を貫いていた。

「遅くなってごめん、紅葉」

界獣の溶解液が流れてきた。蝕まれるような痛みと苦しみ。それを受け入れながら、槍を掴む。聞こえるように、伝わるように。

「あの爆発……。熱くて、重くて、悔しかったよな……。本当にごめん。俺はいつも、紅葉が苦しい時に、なにもしてやれない」

貫かれた部分に、自動的にヴァントが展開されている。それよりも強く、液体が昴の身体を蝕んでいく。ゆっくり、ゆっくり、紅葉に溶かされていく。

藤原が何かを叫んでいる。が、その声は耳に入ってこない。

ただ、紅葉の叫びが聞こえる。この世に生まれた後悔と、この世に生まれた全てのものに対する、怨嗟の慟哭が。

「俺はどうすればいい？　どうすれば、紅葉は満足する？　このまま溶けて、お前に喰われればいいか？　お前はそれで嬉しいか？　喜ぶか？」

昴は思う。そうじゃ、ないよな。

「違うよな。そうじゃないって信じていいよな。約束したもんな」

あの笑顔を思い出す。ようやく会えて、やっと果たしたあの約束を。

七星昴は、

紅葉と一緒に——

「帰ろうって！　結婚しようって！　なぁ、紅葉っ！」

溶解液は止まらない。界獣は何の反応も示さない。紅葉が本当は何を思っているのか、それを昴はわからない。箱根（はこね）遺跡で——記憶をなくしていた紅葉が、本当は思い出したくないと考えていたこともわからなかった。他人が何をしてほしいのか。それは誰にもわからないことだ。人の好意はいつだって身勝手な思い込みだ。大切な人を思って取った行動が、取り返しのつかない事態になることだってある。紅葉が昴を殺さないために一人で戦い、界獣になってしまったように。そうして世界に絶望して、一番最初に昴を殺そうとしているように。魔女として生まれ、小さい頃から戦い続け、守ってきた人間に裏切られ、モルモットにされ、爆弾を落とされ、界獣にされた紅葉が、『死にたい』と本気で思っていたって不思議じゃない。

それがわかる。理解する。だから悲しくて、涙が溢（あふ）れる。

それでも、と昴は思った。

それでも俺は、紅葉に生きていてほしい。死んでほしくない。

「生まれなければ良かった？　そんなわけあるか。紅葉がいなくなったら俺はどうすればいいんだ。俺はお前に会えて良かった。七星（ななほし）家に引き取られて、紅葉と出会えて、紅葉と約束をしたから、俺はここまで来れたんだ。……なぁ、紅葉！　お前が生きてると、俺が幸せなんだ！　紅葉とずっと一緒にいたいんだ！　紅葉の隣で、ずっと生きていたいんだよ！　お前はどうなんだよっ！　こんなところで終わっていいのかよっ！　紅葉ぃっ！」

界獣が、
止まった。

それが答えだと、昴は決めた。決めつけた。だから、

「――絶対に助ける」

右手でナイフを抜く。魔女だった母から貰（もら）った、唯一（ゆいいつ）の形見（かたみ）。

そのナイフがカノーネに強化される。それは『プレアデス』と名付けた、界獣を断ち切るための刀（かたな）――断界刀（だんかいとう）。

「辛（つら）いことも、悲しいことも、簡単に消えたりしない。でも――俺が一生かけてお前を幸せにする。生きてて良かったって、何度でも、何度でも何度でも何度でも思わせてやる。だから俺のそばにいろっ！　俺と一緒に生きろ、紅葉っ！」

刃（やいば）を振り下ろし、槍を切り捨てて体から引き抜いた。ヴァントを全開にして溶解液の侵入を

くい止める。痛いけれど、紅葉のことを思えば痛くない、こんなもの。

それを見た藤原が動く。界獣が藤原の命令で、さらなる槍を突き出そうと水晶を展開した時、しかし昴はすでにヒュドラに肉薄している。

「――七星剣武、竜閃」

その剣閃は、荒れ狂う竜巻のようだった。

絡みつき、絞め殺そうとする何十本もの紅い蛇の首を薙ぎ払い、斬って斬って斬り進み、その本体を切り裂いていく。水晶から生まれたものでも界獣は生物である。切れば血が出るし、中身は筋肉と脂肪と血管と神経と骨だ。内臓だって存在する。ヴァントを展開し体内を切り開いて侵入した昴は、ドクンドクンと脈打つ心臓のような赤黒い球体に辿り着き、その外膜を切り裂いた。中には界獣の弱点であり、源でもある『核』がある。その隣の肉柱を見て、ようやく昴は刀を止めた。眠るように目を閉じる紅葉が、そこにいた。

まだ生きている。紅葉の裸体が界獣の肉と繊維に一体化したように捕らえられ、胸の水晶がへその緒のように『核』と繋がれていた。

でも、生きている。

昴は、そっと告げた。

「一緒に帰ろう――紅葉」

その頬に手を添える。魔法を構成する粒子を視た。界獣を殺せば紅葉も死ぬ。無理に引き離そうとすると紅葉の胸の水晶体が襲いかかって来る。とてもかわせる距離じゃない。間違いなく自分が喰われる。だからあの時、紅葉は昴に切らせなかった。そう理解した。

躊躇は一瞬。

昴は、紅葉の胸の水晶を断ち切った。水晶体だけを切り取った。直後、それが昴へ牙を剝く。魔力を吸収していた宿主を捨て、新たな肉体で生き延びようとあがく水晶体へ、昴は左腕を差し出した。

瞬く間に昴の掌に張り付いて、埋まり、体内へ杭を伸ばしてくる。水晶体が昴を喰らっていく。寄生蟲が内臓へ迫るように、腕を這い上がってくる。掌から手首を通り肘を通ったところで、しかしその侵食は止まった。肘の先には『何もなかった』のだ。

すでに昴が、断界刀で自分の左腕を切り飛ばしていたから。

――かわしようがないのなら、腕を犠牲にすればいい。

宙に舞う水晶体と、昴の片腕。

その両方を真っ二つに斬り捨てた。

ヒュドラが崩壊を始めた。紅葉に繋がれていた『核』の周囲からグズグズと溶け始め、やがて粒子となって消えていく。ヒュドラの産み出した界獣も同様だった。

左腕の切断箇所をヴァントで覆って止血をしつつ、体外へ出た昴はゆっくりと地上へ降りる。

右腕には紅葉が眠っている。胸には痛々しい傷があるが、すでに紅い光の膜に覆われていた。自分の腕とは違い、きっと綺麗に治るだろう。

裸の紅葉のために、魔法粒子を固めて服を作ろうと試みる。カノーネを最大限に柔らかくして紅葉の身体に這わせると、不格好ながらも、ワンピースのようなものができた。

紅葉のまぶたが震え、ゆっくりと目を開ける。目を覚ました。

「…………っ！」

何かを言おうとして、でも何も言えずに、紅葉は昴に抱きついた。そうして、大声でむせび泣いた。全て覚えているようだった。忘れてしまいたいことも、何もかもを。

自分がしたこと、されたこと。人間に裏切られて、乱暴されかけて、界獣にされてしまった怒り。昴を置いて一人で戦い、罠に嵌まり、絶望で昴を喰らおうとして、それなのに助けられた罪悪感。自分のために腕を失ってしまった彼への申し訳なさと、そうまでして自分を想ってくれる彼への狂おしいまでの愛おしさ。怒りと悲しみと後悔と愛情と贖罪の感情が、紅葉の心を掻き乱している。

昴は、抱えたその手で彼女の頭を撫でる。紅葉はひたすら泣き続けた。子供の頃に戻ったように、泣いて、泣いて、泣き喚いた。ありとあらゆる感情を流すための涙は、けれどもう、悲痛さは感じられなかった。

泣けるなら、良い。本当に怖いのは、泣けなくなる時だから。

「お兄ちゃん、お兄ちゃん、お兄ちゃん……！」

「紅葉……よく、耐えたね……。本当に、よく頑張った……」

「私、私……！」

「約束する。俺が紅葉を幸せにする。絶対だ。もう二度とこんな目に遭わせたりしない」

「お兄ちゃん、ごめんなさい、ありがとう、ごめんなさい、ごめんなさい……！」

わんわん泣く紅葉の頭を、いつまでも撫で続ける。

まずはそれが、大切なお嫁さんを幸せにする、最初の一歩。

そして――。


「テメェ……何をしやがった……？」

ヒュドラの消えたその場所で、一部始終を見た藤原は、呆然としていた。逆転を賭けた研究が七星昴の手によって粉々にされたのだ。今まで散々、自分の掌の上で足掻いていた男に、愉悦を邪魔されたのだ。ヤツがゲロを吐きたくなるような『説得』をしたのはわかった。んなこたぁどうでもいい。一体何をして孵化した玄界獣を戻したのか。それがまったくわからなかった。

――どういうことだ。一度埋め込んだ水晶体を外すなんざ研究部でも不可能だ。んなもん、それこそ発掘技術の、超古代文明の残した技術の原理を理解してなきゃできっこねぇ。

「お前の負けだ、藤原正宗」

七星紅葉を抱きながら、七星昴が言った。見下すように。

「自分で死ぬか、俺に八つ裂きにされるか、好きな方を選べ」

「……なんだと？」

八つ裂き？

自分を八つ裂きにすると言ったのか？　このガキが。

腹の底にドロドロとした黒い沼が吹き出たような感覚を得た。殺意が湧くときはいつもこうだ。ただ、食欲も性欲も伴わない純粋な殺意は、久しぶりだった。

藤原は決めた。何をしてでもコイツはここで殺す。今後の計画が全て狂ってもコイツはここで殺す。切り札も奥の手も全て使ってコイツはここで殺す。妹の目の前で必ず殺す。

――時間を稼がねば。

「フザけたこと抜かしてんじゃねぇぞカスが。魔女はまだ何人もいるんだ。テメェの妹が偶然生き残ったからって、『玄界獣計画』が終わったわけじゃねェ。魔女を原料に、水晶で造った『生体兵器』。それが人類を救う最後の手段ってことに、変わりはねェんだよ！」

昴は答える。

「それは違う」

「何が違うだと？」

「そんなもので、人類は救えない。救えなかったんだ」

　昴は思う。それはすでに、失敗した未来だ。

『水晶炉(ろ)』の力で生体兵器を作り出し、魔女にだけ戦わせて、人類を救おうとする試み。

　藤原の見せたそれは、三〇〇年後の未来で失敗した可能性だ。

「界獣を造ってはならない。魔女だけに戦わせてもいけない」

　藤原が心底(しんそこ)バカにしたように笑う。

「きょはっ！　じゃあどうするんだよ、お兄ちゃん。いいか？　テメェのイカレたシスコンっぷりは結構だが、人類の滅亡はもうそこまで来てるんだぜ？　それともテメェは、『妹が犠牲になる世界なら滅びてしまえ』とかクソみてぇなこと言うつもりか？」

「そうだ。――お前も正直に言え。お前が実験をするのは、人類を救うためじゃなく、ただお前自身が楽しみたいだけだろうが」

「あぁん？　それがどうしたって言うんだよボケ！　俺の愉悦(ゆえつ)で人類が救えるなら、俺は英雄だろうが！　結果を出せよコラ気に入らねぇってんならよ！　魔女に代わる力を、テメェが全人類に与えてみせろ！」

「お前に言われなくても、そのつもりだ」

　生まれながらに戦うことを強制された魔女たち。界獣との死闘を宿命づけられた魔女たち。

それは誇りのある仕事だと、選ばれた存在だと、そう思う魔女もいるだろう。その子たちにしてみれば、自分のような存在は疎ましいかもしれない。けれど、そうじゃない魔女だっている。普通の学校に憧れて、生まれてきたことを後悔するような子だっている。そんな魔女たちを戦わせて、利用して使役して酷使して、最後には界獣を産み出すための装置にしなければ生き長らえられない。──そんな『人類』なら滅びてしまえ。

魔女は兵器。『魔法兵器』。

妹たちを人間にできないならば、普通の人間のようになれないのならば、

「俺が、『全人類を兵器』に変えてやる」

「…………………………はぁ？」

「界獣を倒し、人類を救うため、『全人類が使用できる魔法兵器』を創る。そう言った」

「…………きょはっはっはっはっはっはっはっはっは！　できるわきゃねぇだろそんなこと！　『魔女に代わる兵器』だとぉ？　誰ができるんだよそんなこと！　魔法は魔女にしか使えねぇから、魔法なんだよボケがぁ！」

「お前が知る必要はないよ。いま、ここで殺す」

「殺す？　俺を殺す？　殺すねェ……やってみろクソガキがぁ！」

突如、

「っ!?」

藤原の肉体から、何本もの水晶の刺が出現した。一本一本が、昴を目がけて槍のように突き伸びる。ノズルを噴射し、紅葉を抱えつつ後方へ跳んだ昴だが、その脇腹からは出血していた。ヴァントを貫いた槍をかわしきれなかった。

「国盗りまで取っておこうと思ってたんだけどなぁ！　テメェがあまりにも頭に来るんでよお！」

ウニのような物体へと変貌を遂げた藤原の肉体。痛みはないのか、その身体のまま奴は笑う。体内から肉と皮を突き破って、水晶の槍が出てきていた。中心は胸。かつての紅葉と似たような場所に、水晶がある——埋め込んである。

悪寒が走る。

まさか、この男も。

「テメェが砕いた『箱根遺跡の水晶』！　ありゃあ見事なもんだぜ。だからよぉ、使わせてもらったわ……。テメェの妹を実験台にして集めたデータでなぁ！」

箱根遺跡の水晶。昴に『魔法の才能』と魔女と界獣の真実を伝えた、未来からのメッセンジャー。そして——本来は『界獣を製造する水晶炉』。

「俺は人のまま、『界獣』の力を得る！」

パキパキ、と空間が鳴る。藤原の身体を中心に、奴を『核』として、骨と肉が組み上がる。瞬く間に、ドス黒い水晶の巨人が水晶子爆弾でまっ平らになった廃墟に顕現した。

界獣を生み出さないように、界獣による人類の滅亡を阻止するために。そう願って送り込まれた『水晶炉』は、しかし望まぬ形で使用され――人類初の『界獣兵器』が誕生する。

巨人のかざした右手にカノーネが展開され、その先端が黒く輝く。昴が咄嗟に飛翔した直後、放たれた熱線は数瞬前に昴がいた空間を焼き払っていった。融解する地面。溶解する廃墟群。右手を振り回し、熱線を照射しながら、巨人が辺りを炭へと変えていく。

――全高一〇メートル。ディヴィジョンは2。

急上昇で回避した昴は、中空で紅葉を抱きつつ、油断なく観察する。

「これが界獣、これが魔法か！　七星ぃ、テメェの力なんざ借りなくてもよぉ、人のままで！俺は界獣を殺せるぜぇ！」

叫び、更に巨大化していく藤原。全高が二倍、三倍になっていく。飛翔している昴が、展開した紅いカノーネで砲撃を放つ。三つの閃光は、しかし巨人の魔泡盾に弾かれ、藤原が反撃とばかりに黒い熱線を連射する。

――このサイズの界獣で、砲撃を弾かれた……？

箱根で戦った『黒狼』よりも小さいサイズだ。あの時は、記憶の戻っていない紅葉の断界魔砲でヴァントを貫くことができた。おかしい、今の昴の威力で弾かれるはずがない。

更に上空へ飛び、熱線をかわしながら昴は考える。バイザーが見せる情報は、藤原が〇・七秒ごとに身体の周囲へ新しく界獣を造っていることを示していた。結果的にヴァントが複合して展開されているのだ。界獣一体のヴァントではなく、数体分のヴァントが展開されている。

今の装備では、貫けない。だがこれ以上、攻撃に魔力を振るおうものなら——。

逡巡（しゅんじゅん）する彼に、「お兄ちゃん」と妹が囁（ささや）いた。泣き腫（は）らした顔を昴に向けた彼女は、しかし瞳（ひとみ）に決意が満ちていた。

「私も戦う」

「けど、紅葉、」

「大丈夫。戦える。お兄ちゃんと一緒なら」

一人にしないで、そう言われた気がした。昴の腕に触れている紅葉の手が、絶対に離さない、と力を強める。

「私が、お兄ちゃんを守る。今度こそ、絶対に」

有無（うむ）を言わせない強い決心。ああ、と昴は思う。この子は本当に強い。自分が一年と十カ月かけてやっと取り戻した決意を、この小さな魔女は、わずか数分で奪還（だっかん）したのだ。

参った。ダメだ。やっぱり、記憶があろうがなかろうが、この子には敵（かな）わない。

「わかった」昴は頷（うなず）く。「戦おう、一緒に」

「——はい！」

そのとき、藤原の放った熱線が昴たちの目の前で紅い壁に阻まれた。紅葉のヴァントだ。

藤原が吠える。

「どうした七星ぃ！　俺にテメェの言う可能性を見せるんじゃねぇのかカスがぁ！」

「――いま、見せてやる」

界獣となった藤原正宗に、昴は返す。

いくらヴァントが分厚かろうが、いくら敵が強かろうが、そんなもの関係ない。

魔女が界獣を殺すことで、人類にその有用性を示しているならば、

「俺はお前を殺すことで、『人間の有用性』を証明する」

「やってみろッつってんだろゴミがよぉオオオオオオオオオ！」

黒いカノーネが連発された。それを空中機動でかわしながら、昴のＤスーツが変化する。飛翔に適した形態から、戦闘に特化したそれへと。

『プレアデス』が断界刀ならば、このスーツは『断界魔装』――『界獣を断ち切るための魔法装備』。機械の才能と魔法の才能を、水晶技術で組み合わせた、今はまだ、昴だけの魔法兵器。

両肩、両腰のノズルを、大型の銃器を模したカノーネに変形する。『黒狼』との戦闘で紅葉が見せた砲撃。『撃つ』イメージが強ければ強いほど威力も上昇する。昴はそう理解していたし、自分にとってはライフルが最もそのイメージを強くできる。

四門のライフル型砲身を藤原へ向ける。バイザーの照準が揃うと同時に発射された真紅の超

高熱線は、巨人の複合ヴァントを貫き、その四肢を焼き払った。

「いっぐああああああああ痛え痛え痛え痛え痛え痛え！　テメェこのカスがぁ！」

悲鳴を上げながらも、即座に巨人の手足を生やす藤原。更に、更に更に、巨大化していく。

やはり狙いはアレ一点。その精神性は元より、肉体までも界獣へと変貌した藤原正宗そのもの。

「死にやがれ死にやがれ死にやがれこのダボがぁアアアアアア！」

怒りで我を忘れているのか、『核』となった藤原の肉体が水晶にどんどん変化――侵食されていた。それと比例するように、カノーネの数が増えていく。巨人はすでに全高五〇メートルを越え、砲身も三〇に迫る。歩く戦艦と化した敵の攻撃は、機動力から攻撃力へと装備を変化させた昴の魔力と、精神的な余力を容赦なく削っていく。

――『断界魔装』の『変形』に消費する魔力が大きい。そう何度もできないか……！

一度精製したライフル型砲身はそのままに、巨人の周囲を高速で飛翔し、敵の攻撃をかわしつつ対地砲撃を加え続ける。すでに何発も喰らい、その度に紅葉がヴァントを展開し、彼女も魔力を消費している。純粋な魔法でないためか、それとも使いこなせていないのか、紅葉との魔力共有ができない。距離を取りたいが、昴の砲撃では離れすぎると敵のヴァントを貫けない。

回避可能かつ、攻撃有効な距離をギリギリで保ちつつ立ち回るものの、やがて限界が訪れ、

――まずいっ!?

回避不能な一撃が迫る。紅葉がヴァントを展開した。しかし、

「んあっ、あんっ！　ぐうううう！」

今や六七門にまで達した敵の砲身がバランスを崩(くず)した昴たちを襲う。それを紅葉が必死で受け止める。だが――だが、ついに昴の魔力が切れる。肩と腰のライフルが消滅し、高機動型に展開した装甲(そうこう)と翼が霧散(むさん)し、ノズルが消え去り、重力に従って地面へ落ちていく。

死ね。

もはや界獣と一体化した、藤原の意思が雄叫(おたけ)びの中に聞こえた気がした。敵の全砲門が昴と紅葉を狙う。

――俺は結局、この子を守れないのか……！

悔しさが全身を支配した。覚悟を決めた紅葉が昴の首に両手を回し最期(さいご)の口づけをする、その、瞬間。

昴は見た。

大気中に漂う魔法の粒子が、上空の一点へ集められていくのを。太陽を背に、それと見まごうほどの黄金の光を一点に集めている巨大な水晶を。

極大断界魔砲(ゾンネ・ヴァルカノーネ)の輝きを。

「――全開だ。月まで吹っ飛べ」

『縮地(しゅくち)』の如(ごと)き速さで戦線を離れる紫(むらさき)色の袖(そで)に引っ張られながら、昴の視界は眩(まばゆ)い閃光でいっぱいになった。

☆ ☆ ☆ ☆ ☆ ☆ ☆

やっと兄に追いついた紫(ゆかり)と向日葵(ひまわり)は、苦戦している昴と紅葉を見て一切(いっさい)の躊躇も作戦もなく、即座に散開した。向日葵が極大断界魔砲(ゾンネ・ヴァルカノーネ)で上空から敵・巨人型界獣を殲滅(せんめつ)。紫はその強力な砲撃に兄たちが巻き込まれないよう撤退支援。……まさか向日葵が全開で撃つとは紫も思わなかった。よほど頭に来ていたらしい。先の爆発よりも巨大なクレーターが出来上がっていた。

「お兄様、ご無事で――とはいかなかったようですわね。お話を聞かせて頂けますか」

紫が、昴の左腕を見て辛そうに言う。だが、

「まだだ」

と昴が首を振った。

「アレはまだ、生きている」

馬鹿(ばか)な、と振り向く。そこには確かに、分厚いヴァントに守られ、身体の右半分を失った藤原正宗が、憎(にく)しみを込めた目で昴たちを睨(にら)みつけていた。

「る……」

――るぅおおおおおおおおおおおおおおおおおおおおおおおおおおおおおおん。

藤原が口を開き雄叫びを上げた。その身は侵食され、もはや人語は話せない。奴の身体が再び水晶化し、界獣へと作り変えられていく。立ち上がろうとした昴の身体がよろけた。力が入らない。魔力が切れている。向日葵の全開でも倒せなかった。あの再生能力――否、水晶炉の生産能力を用いて、無限に界獣を作り続けている。このままでは三〇〇年後の二の舞いだ。その未来から才能を授かった自分が何とかしなければ、自分が、自分が、

「お兄ちゃん」

組み上がっていく巨人を凝視していた昴の視線に、紅葉の紅い瞳が重なった。そして、

「――私を使って」

キスをされた。

柔らかい感触が昴の脳髄を支配する。紅葉の愛おしい舌が入ってきて、唾液が絡まって、紋様が重なって、そして魔力が流れ込んできた。

――経口摂取って、お前……なるほど……。

理解し、受け入れる昴。紅葉の顎を右手で摑み、欲望のままに吸いついた。

「あら、お兄様ったら。もう」

「おー、やるじゃん、兄貴ー」

敵の界獣が巨大化していく中、妹二人に見守られながら、昴は紅葉に口づけをし続ける。紅葉の受けた痛みや苦しみ、屈辱や後悔、そして昴への身を焦がす程の想いが、魔力を通じて伝わってくる。

──ありがとう、ごめんなさい……愛しています。

──それは俺もだ。

紅葉から受け取った魔力が、全身に広がっていく。なんて心地の良い感覚。大好きな人に信じられ、すべて預けられる多幸感。『魔属』の絆が強い理由が、なんとなくわかった気がする。

やがて魔力補充を終えた昴は立ち上がった。半分以上を渡した紅葉が、恍惚の笑みで昴を見上げている。『貴族』のように右手を差し出すと、紅葉は手を取って立ち上がった。

「紫、向日葵」

妹二人の名前を呼び、彼女らの手も自分たちに合わせさせる。円陣を組むように、兄妹四人の掌が一つに重なる。

「──俺の断界魔装を、お前たちにも託す」

昴の手から妹三人へイメージが伝わる。彼女らが驚きと戸惑いを感じた、その時にはすでに、それぞれの身体に機動装甲が組み上がっていた。

「お兄様……これは……」

紫には、『紫陽花』を最大限有効に使えるように、高機動・近接戦闘に特化した形状。

「へえ、やるじゃねえか兄貴！」

向日葵には、極大断界魔砲（ゾンネ・ヴァルカノーネ）を更に強化した、高火力・長距離射撃に特化した形状。

「お兄ちゃん……！」

紅葉には、姉妹最高の魔泡盾（ヴァント）を用い、かつ周囲を援護（えんご）できる、防御（ぼうぎょ）寄りの形状。

そして昴（自分）には、片腕がない欠点を利点にし、あらゆる武装へ変形できるように予め（あらかじ）イメージを定着した臨機応変（りんきおうへん）のマニピュレータを装備する。

「やるぞ。今度こそ、俺たちでアレを倒す」

敵は一つ。

巨大化に次ぐ巨大化で、ついに一〇〇メートルを超えた、ディヴィジョン6の界獣。

藤原正宗の水晶巨人。

――るぅおおおおおおおおおおおおおおおおおおおおん。

再び放たれた咆哮が、決戦の幕を切って落とした。

一〇〇門を越える敵の砲撃。その雨の中を、紫は飛ぶ。

地面を走る縮地法が得意な自分は、裏を返せば空を飛ぶヴァント跳躍（ちょうやく）が不得意だ。短距離では瞬間移動の如き素早さがあるものの、巨大な界獣との三次元立体機動戦闘では、自分はあくまで囮（おとり）に過ぎない。あらゆるものを斬り裂く『紫陽花』を使用して敵の防御を切り崩し、後方で控える向日葵の大火力にトドメを任せる。

紫の鎧武者のような装甲は、長距離飛行よりも、短距離移動に重点を置いたようなノズル配置デザインであった。一切の無駄がない加速。斬撃を邪魔しないよう設計された装備。そしてなによりも、

――全く……。気に入らないくらいピッタリですわ、お兄様。

こんな時だというのに、頬が緩む。

一五メートル――紫陽花の斬撃範囲と同じだけ、空中に不可視の足場を発生させることのできる、特殊なカノーネ――紫色の絨毯。

ノズルによる飛翔で接近し、足場の上を縮地法で滑り、一〇〇門を越える敵の砲撃を掻い潜ってディヴィジョン6の巨人へ急接近した紫。狙うは一点。胸の『核』のみ。

「『紫陽花』――七星剣武、彗流」

魔装の力で更なる切れ味を獲得した日本刀型カノーネが一呼吸の間に十七回の斬撃を叩き込み、巨人の何十枚もの分厚い複合ヴァントを豆腐を切るかのごとく斬り裂いた。

その剣閃は、まるで彗星のように尾を引いて、流麗だった。

そしてすぐさま離脱する――攻撃のバトンを、次女へ引き継ぐために。

向日葵は水晶ノズルの性能を確かめるために後方へ空高く跳躍した。瞬く間に生身の状態で

の限界高度を突破し、喉(のど)の奥から歓声(かんせい)が出るのを抑えられない。

「ヒャッハアアアアアアアア！　こいつぁすげぇ！　っと！」

　遊んでいる場合ではない。あの分厚いヴァントを撃ち抜くために、兄妹で力を合わせなければならない。とは言っても、

「細(こま)けぇことは、兄貴たちに任せるぜ！」

　向日葵が昴に指示された作戦は、ただ一つ。

　——思いっきりぶっ放せ。

　昴と紅葉に任せれば、きっと上手(うま)くやってくれるだろう。陸軍特殊部隊の追撃(ついげき)をかわし、紫と自分の襲撃(しゅうげき)まで撃退した、あの二人なら。

　そして、紫。

　自分が最も信頼し、最も愛する姉の合図が、麗(うるわ)しいほどの剣閃が煌(きら)めいて——。

「太陽まで吹っ飛べぇぇぇぇぇぇぇぇぇぇぇぇぇぇぇぇぇぇ！」

　全高一〇メートルの巨大な砲身から全力全開でぶっ放された黄金の光は、紫の斬り裂いた障壁(トンネル)の穴を通り抜け、巨人の土手(どて)っ腹(ぱら)を貫くどころか上半身をまるまる消し飛ばした。

　そして。

　界獣の『核』が露(あらわ)になった、その瞬間、遥(はる)か天上より飛来する物体があった。

高度一万メートルの上空で、ぎゅっと抱き合いながら背面飛行をしていた昴と紅葉に、バイザーがその時を伝える。

「行くぞ、紅葉！」

「はい、お兄ちゃん！」

宙返りした二人の身体が地面へのダイブへと角度を変えた。加速が始まる。昴の右手は紅葉の両手に包まれ、彼女の胸に抱かれていた。紅葉のヴァントが展開し二人を紅く包めば、その周囲を昴の左腕に装備した流動マニピュレータが覆って形状を創る。中からは外が見えるがその逆はない。客観的に見ればそれは、球体というよりもむしろ『槍』だった。

紅葉のヴァントによる超硬度、昴の『ただ重さだけを増した』マニピュレータによる超重量、その二つが組み合わさった、直径一〇〇センチ、全高六メートル、重量五〇〇キロを越える音速の槍――『魔女の彗星（ヘクセ・シュタッケン）』。

星が落ちてくる。

頭上から迫り来る物体に気がついた界獣が肉体の修復もそこそこにカノーネを展開。まっすぐに落下してくる赤い閃光に対して夥（おびただ）しい弾幕（だんまく）を張った――そのとき、すでに、第二次噴射のため『槍』の周囲へノズルを配置した二人の魔力全開放出によるフルブーストは終えている。一発一発が最新式戦車を融解させるほどの熱量を持った光線が容赦なく『槍』へ襲いかかるなか、二人の速度は緩むどころか星の重力を味方につけて更に加速し邪悪なる熱線の波を突き抜けていく。

「「うおおおおおおおおおおおおおおおおおおおおっ！」」

七星昴と七星紅葉。幼(おさな)い頃に結婚の約束を交わし、何度も離れ離れになり、記憶を失った状態で再会し、恋をして、失恋をして、別離を経て、そしてお互いの想いを確かめ合った、愛し合う二人の最硬最強の『体当たり』が、万感(ばんかん)の思いを込めた二人の雄叫びと共に直撃した。

音が――。

――遅れてやってきた。

凄(すさ)まじい破壊音と共に衝撃波が辺り一帯へ奔(ほとばし)る。時速一二三五キロを超える速度で天高くから飛来した一本の紅い槍は、紫と向日葵の連撃によってその上半身を消し飛ばされた巨人の『核』へ一直線にぶち当たり、跡形(あとかた)もないほど粉々に打ち砕いていた。魔装によってヴァントが強化されているはずの紫と向日葵でさえ吹き飛ばされかねない、その計り知れない衝撃の中で、

――クソみてぇな人生だったな……。

と何かが思念を残し、そして消え去った。

もう、笑ってはいなかった。

☆　☆　☆　☆　☆　☆

「お兄様！　いくらなんでもやり過ぎですわよ！　紅葉と二人で死ぬ気ですか！　それになんですか今のは！　神の杖ですか！」

「……よく、知ってるな、紫」

昴は笑う。

三つ目のクレーター。その中心で、昴と紅葉は寝転んでいた。驚くべきことに無傷である。『核』を粉砕した瞬間にヴァントを調整し、落下の衝撃を全て地面へ流す、といった神業を紅葉が行ったおかげで。

ただ、さすがにお互いに精魂尽き果てた。もうしばらくは何もしたくないといった気分で空を眺めていたら、一番上の妹が叱りに来たのだ。まるで――あの約束を交わした後、屋根の上に叱りに来たときみたいに。

「『お兄様が紅葉を甘やかすから、この子が逃げ出すのです！』とか言ってたな、紫は」

「な、なななにをそんな古いことを！」

「そりゃ、覚えてるさー兄貴」と向日葵までやってくる。

「アタシたちは、あの時の二人のために――いつか兄貴と紅葉が約束を果たした時のために、『裏山で遊べる権利』を賭けて隣山の魔属と大喧嘩したんだから。いやぁ、魔法なしって条件だったからよぉ、ただのガキの殴り合いでさ。紫姉ちゃんがボロクソに泣いてなぁ、代わりにアタシが無双したんだけど。あれ以来だよな、紫姉ちゃんがちゃんと剣術習い始めたのって」

「ひっ向日葵！」

「……おう、秘密だったたな、ワリィ」

「そうだったんだ……」

隣で起き上がった紅葉が、嬉しそうに笑う。

「ありがとう、紫お姉ちゃん、向日葵お姉ちゃん」

「……たっ、たまたまですわよ」

「あの時の喧嘩で勝ち取った『裏山』は、いまでもアタシらの誇りだからな。フフ……」

顔を赤くしてそっぽを向く紫と、誇らしげに腕を組む向日葵。

それを聞いて、昴は嬉しくなる。自分の妹たちは、なんて素敵なんだろう。

「でも、本当に良かったのですか、お兄様」

「うん？」

「これからが大変ですわよ……。お兄様が創造した、あの『断界魔装』。人類の誰もが使えるようになる『魔法兵器』。軍や政府、そして『魔女狩り』が黙っているとは思えませんわ」

「まぁ、……いいんだ、別に。そんなことは」

昴は笑う。満面の笑みで。

「だって、妹たち(お前)が、助かったんだから」

妹三人が、なぜか顔を赤くした。そうして、一人は怒り出し、一人は肩を組んできて、最後の一人は抱きついてきた。

やっと、と昴は思う。やっと家に帰れる。

家族が待つ家に。約束を交わした、紅葉が綺麗な、あの山に。

☆　☆　☆　☆　☆　☆

七星昴は、ただ魔力量の多いだけの人間だった。それが、Dスーツと『水晶炉』から受け取った才能で、魔法を使えるようになった。人間には誰だって魔力が備わっている。ただ、それを使えないだけで。ならば、最初から魔泡盾(ヴァントト)と断界魔砲(カノーネ)を出してやればいい。本人の魔力と意思によって出現するように、スーツの方で助けてやればいい。今はまだ自分と自分の家族しかできないが、発展していけば、いずれ全人類が『魔法』を使用できる未来が来る。

パラダイム・シフト。それは、時代の転換点。

人間で初めて魔法を使用し、『界獣』を倒したこの日。昴の示した可能性は、人類を新たな領域へと押し上げた。

ただ、妹たちを――愛しい人を助けるために創造したその魔法兵器が、やがてD（ディヴィジョン）・マニューバと呼ばれ、人類救済の礎（いしずえ）となることを、昴はまだ知らない。

Though I am a terminal witch, is it strange that I am in love twice with brother?

エピローグ

一カ月後。

七星昴(ななほしすばる)は、『断界魔装』の研究と発展のため、とある兵器製造企業の本社ビルを訪れていた。

同級生に会うためであった。

「まさか鈴鹿(すずか)さんのお父さんが、社長さんだったとはね……」

「言ってなかったっけ?」

ピカピカの廊下を歩く。緊張した。界獣(かいじゅう)と戦うより緊張した。何せ、今までいたのは社長室だ。鈴鹿社長その人は、とても気さくな方だったけれど。

その娘が言う。

「でも、本気? ウチに技術供与(きょうよ)しちゃって。軍で止められてるんじゃないの?」

「もっと上の方に話を通しているから大丈夫。それに、『全人類が使える』ってのが目標だから、訪問する企業だって鈴鹿さんのところだけじゃないよ」

「はー。七星くんがそんなに妹さん想いだったとはねぇ。ボケーッとしてたのに」

「今でも妹には言われるけど」

「ところで七星くん、学校にはもう来ないの？　私が風邪で休んでる間に、急にいなくなっちゃうから心配したんだよ？」

「あー、風邪で休んでる間に、ね……」

　あの公安の刑事。佐倉彩奈は、どうやらあの日だけ『鈴鹿凜花』と入れ替わっていたらしい。ちょうどその日、凜花は風邪で寝込んでいたという。

「ねぇ、鈴鹿さん」

「なーに？」

「佐倉彩奈ってひと、知ってる？」

「？　誰それ？　声優さん？」

「や、知らないならいいんだ」

「ふーん？」

「あ、あとね、ひとこと言っておきたかったんだけど――美味しかったよ。ホテルのサンドウィッチ」

「？　そう？　良かったね！」

　何のことだかわからないけどとりあえず微笑んでおこう、といった表情の凜花。

　二人は会社の玄関から外へ出て、別々の道へと身体を向けた。

「じゃあ、私はこっちだから、バイバイ、七星くん！」

そうして、鈴鹿凜花は昴の前から去っていった。

「……やれやれ」

嘆息し、昴もまた歩き始めたそのとき、

「――また作ってあげるよ、七星くん」

どこからかそんな声が聞こえた。

振り向くが、そこには誰もいない。肩をすくめて、昴は再び歩き出す。

きっと、『本物の凜花』は今日も風邪で寝込んでるのだろう。

きっと、あの『いやらしい感じのホテル』は取り壊されているのだろう。

最後まで摑み所がない相手だったな、と顔も知らない公安の刑事を思って、昴は笑った。

☆　☆　☆　☆　☆　☆

「おかえりなさい、お兄ちゃん」

都会から離れた山の奥深く、ひっそりと隠れるように大きな屋敷がある。そこが昴の家だ。

煉瓦造りの洋館。ややくたびれた様子の三階建て。焦げ茶色の屋根の上に女の子が座って、微笑んでいた。十五歳になる四番目の妖で、昴の大切なお嫁さん。

「ただいま、紅葉」

昴は玄関へ向かわずに、ヴァントを使って軽くジャンプ。いつも妹たちがやっていたことを真似て屋上へ上がった。なるほどこれは気持ちが良い。アイツら、いつもこんな気分だったのか。自分の指定席である紅葉の左隣に座って、へへへと笑う。

「ちょっと嬉しい」

「そうなの？　ふふ、変なの」

紅葉が微笑む。あの事件以来、ちょっと塞いでいた時期もあったが、今はすっかり元気だ。屋根上からの景色を眺める。隣に座る彼女と一緒に。屋敷は高い山の奥深く。十一月も半ばが過ぎて、いまが一番綺麗な季節。黄色く、紅く。自然は魅せる。その色彩を。山間の木々が、紅葉に染まっている。

なんて美しいんだろう。

同じ名前のお嫁さんが、口を開いた。

「お兄ちゃん、この一月、ありがとうね」

「うん？」

「私のこと、その、具合が良くなるまで、待っててくれて」

「そりゃそうさ。いくらでも待つよ。紅葉が元気になるのが一番だ」

右手で頭を撫でる。

「あの、その、あのね……。私、もう、大丈夫だから、その……」

「うん」

紅葉が、髪と瞳は黒いまま、頬だけを真っ赤に染めて、昴を見つめた。

「――すっすすす、昴！　さん！」

「はいっ!?」

びっくりした。名前、名前で呼ばれた。……良いものですな。コレはコレで。

「私と、結婚してください！」

「……一応、形式上ではしてるんだけど」

「あっそっか！　えっと、じゃあ、その……！」

三つ指をついて、紅葉がお辞儀する。

「これからも、末永くよろしくお願いします」

硬直する昴。慌てて紅葉の真似をして、

「こ、こちらこそ、よろしくお願いします」

二人で顔を上げる。目の前にお互いの瞳があった。そうして、二人で笑い合う。

これはけじめだと、昴は思った。そう理解した。

紅葉が本当の意味で昴と結ばれる決意をした、そのけじめ。

あれから、界獣は増えた。けれど魔女の魔装使いも少しずつ増えている。世界はきっと良くなっていると思う。少なくとも、この子たちを実験台にしていた頃よりは。

順風満帆とはいかないけれど、きっと自分たちは上手くやれている。

昴の仕事も進んでいる。そして、紅葉も元気になってくれた。

七星昴と七星紅葉は、今日、これからやっと、新しい日々を始めるのだ。


口付けていた唇を離すと、紅葉が恥ずかしそうに唇を舐めた。

「大好き、昴…………お兄ちゃん」

まだちょっと、名前で呼ぶのは照れがあるらしい。

「俺もだよ、紅葉」

まるで最高の宝物を発見したかのように、とびっきり嬉しそうに紅葉が笑う。

たぶん、この笑顔を見たあのときに、自分の心は決まっていた。


――七星昴は、七星紅葉をお嫁さんにする。

あの時の約束が、やっと果たされた。

あとがき

ロリ巨乳とバイクが好きです。

初めまして、こんにちは、妹尾尻尾と申します。

ここから先はあとがきの時間です。

この作品は、第五回集英社ライトノベル新人賞の特別賞に選んで頂きました応募作を改稿した小説です。拙作を選考してくださった皆様、本当にありがとうございました。

『メインヒロインがロリ巨乳なライトノベルが書きたい』

その夢が叶い、とても嬉しく思います。

この作品は幾度のバージョンアップをして受賞しました。

そもそも２０１３年に書き上げた原型を六回書き直して某新人賞で最終落ちし、タイトルと内容を大幅に変更して更に三回書き直したものが受賞しました。そんでもって更に三回書き直し、刊行に至ります。

原型はほぼ留めておりません。キャラ以外はほとんど別物です。

物語や構成はもちろん、主人公の設定も職業もかなり変わりました。最初は昴が公安の刑事でした。ですが、七人の魔女の妹たち——七星姉妹は当時からほぼ変わっていません。また、主人公と妹たちの関係性もほぼ同じです。一貫して昴が妹の胸を揉んでいます。

作品のカラーですが、いっちばん最初はエロに主眼をおいて書きました。原型です。それから修行し、二年後に改稿する際はシリアスを重視して書いて、受賞しました。やりました。大喜びです。しかしちょっとだけエロが残ってたんですね。そこを担当編集の日比生さん（♂）は見逃しませんでした。受賞した理由を日比生さんはこう仰りました。「エロに可能性を感じました」。私の小説で感じたそうです。エロいですね。

担当さん（♂）を感じさせてしまった以上、私もエロを書かざるを得ません。本作がエロいのは決して私の意向ではないのです。嘘です。紅葉が昴をローションで癒やすシーンが書いてて一番楽しかったです。ロリ巨乳万歳。

そうです。ロリ巨乳ですよ。

原型の小説を書くまではただの巨乳好きだった私ですが、書き終えたときにはすっかりロリ巨乳好きになっていました。ロリ巨乳ヒロインの活躍やエロイベントを書いているうちにどんどんロリ巨乳好きになっていったんですね。作品が作者の趣味嗜好を侵食する。作家あるあるだと思います。知らんけど。

そんなロリ巨乳ヒロイン紅葉を、呉マサヒロさんがめちゃくちゃ可愛く描いてくれました。呉さん、本当にありがとうございました。特典タペストリー用のイラストを拝見した際に感動のあまりキモい長文メールを送ってしまってすみませんでした。

神絵師様に紅葉を描いてもらう、という長年の野望が叶って嬉しいです。

ところで、前の方でちらっと『修行』とか偉そうなことを書きました。すみません。

私は四年半くらいライトノベルの新人賞に応募していたのですが、その最中で、十カ月ほど小説を一切書かずに本を読む、いわゆる『読み専』に徹していた時期があったのです。確か、某新人賞で別の作品が最終落ちした後すぐに始めたと記憶しています。同一シリーズは最初の一巻だけカウントするという縛りで、１６０冊くらい読みました。あまり数はこなせませんでしたが、それでもなんというか、目が開きました。助言をくださった某氏、ありがとうございました。おかげで、読み専修了直後に書いた本作が受賞に至りました。

受賞といえば、ありがたいことに講談社ラノベ文庫さんでも受賞させて頂きました。そちらはすでに『ディヴィジョン・マニューバ―英雄転生―』として出版済みです。来月辺り(あた)には二巻が出るはずで、更に言うと本作とちょっとだけ繋(つな)がっていますので、お手にとって頂けたら幸いです。

ある種の物語の主人公は『そいつがいなかったら悲劇になる』という役割を背負っているものですが、成功と失敗のルートを両方考えて、舞台と時代を変えて書いた二つの作品が同時に受賞したことは私にとって最大の幸福と言えるでしょう。

本作で例(たと)えるなら、『もし昴が間に合わなかったらどうなるか』。主人公が失敗した世界の行く末が、ディヴィジョン・マニューバで語られるかもしれません。

最後に謝辞(しゃじ)を。

編集の日比生さん、イラストの呉マサヒロさん、デザインの木緒(きお)なちさん、出版に関(かか)わってくださったすべての方々、そして何よりこの本を手に取ってくれた皆さん、本当にありがとうございます。

今作では私、ヒロイン紅葉に包丁で刺されてもおかしくないくらい酷(ひど)い目に遭(あ)わせましたが、次巻ではきっと彼女も幸せになっているはずです。

また近いうちにお会いできることを祈っております。

それでは。

妹尾　尻尾

最弱にして最強の英雄が、
世界を救う！

the division Maneuver

ディヴィジョン・マニューバ
―英雄転生―

STORY

人を襲う人類の天敵・ジェイヴが現れて十数年。人類の領域は狭くなりながらも、何とか拮抗を保っていた。戦闘兵器ディヴィジョン・マニューバが、ジェイヴへの対抗手段として有効だったからだ。最低レベルの魔力――ディヴィジョン1でありながら、魔装騎士を目指すための学園、上弦魔装学園へと入学した桶川九遠。だが九遠は最低魔力でも起動できる特注の機体を操り、入学早々に行われる模擬戦で9人抜きを成し遂げる。そんな九遠の前に現れたのは、学園最強の戦士にして最高レベル――ディヴィジョン5の少女、鈴鹿花火。接戦を繰り広げる二人の心は通じ合い、花火のチームへと誘われる九遠。だが、九遠と花火には、過去の因縁があり――！

第１巻
講談社ラノベ文庫より好評発売中！
著 妹尾尻尾
イラスト Nidy-2D-

第２巻
ディヴィジョン・マニューバ2
―英雄双星―
セカンド・ドラグ・ライド
2017年12月1日(金)
発売予定！

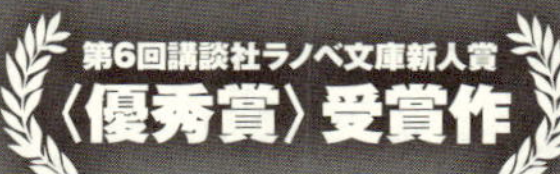

こ の 作 品 の 感 想 を お 寄 せ く だ さ い 。

あて先　〒101-8050　東京都千代田区一ツ橋2-5-10
集英社　ダッシュエックス文庫編集部　気付
妹尾尻尾先生　呉マサヒロ先生

ダッシュエックス文庫

終末の魔女ですけどお兄ちゃんに二回も恋をするのはおかしいですか?

妹尾尻尾

2017年11月27日　第1刷発行

★定価はカバーに表示してあります

発行者　鈴木晴彦
発行所　株式会社　集英社
〒101-8050　東京都千代田区一ツ橋2-5-10
03(3230)6229(編集)
03(3230)6393(販売/書店専用)　03(3230)6080(読者係)
印刷所　図書印刷株式会社

ISBN978-4-08-631211-0 C0193